R
V

August Hermann Zeiz

# Tanz um den Tod

Herausgegeben, mit Anhang und
Nachwort versehen von Silke Engel

Regenbrecht Verlag

Bibliografische InformaDeutschen Bibliothek
Die Deutsche Biblioth       MIX       nnet diese Publikation in
derDeutschen Nationa    Papier aus ver-    ie; detaillierte bibliografische Daten sind im I   responsible sources   er http://dnb.ddb.de ab-
rufbar.        FSC® C105338

Herstellung: BoD – Books on Demand, Norderstedt

2. Auflage, Regenbrecht Verlag, 2018
www.regenbrecht-verlag.de
ISBN: 978-3-943889-49-9

Umschlagbild: Wilhelm Lehmbruck: Der Gestürzte
(Quelle: wikimedia, Oliver Kurmis)

Die Erstausgabe erschien 1918
Die Rechtschreibung wurde behutsam modernisiert.

Zur Herausgeberin:
Silke Engel, geboren in Pinneberg/Schleswig-Holstein,
Studium (Politik, Literatur und Jura) in Freiburg i. Brsg.;
nach London mit BBC-Erfahrungen in Berlin hängen-
geblieben, erst Volontärin beim damaligen SFB, dann
Moderatorin, Planerin, Redakteurin. Ob in Berlin und
Brandenburg unterwegs oder zwischen Dublin, Belfast
und London: Sie ist überall zuhause, wo gute Geschichten
sie hinführen. Derzeit arbeitet sie als Korrespondentin im
ARD-Hauptstadtstudio in Berlin und analysiert u.a. im
rbb die Bundespolitik.

# Inhalt

Herrn Theodor Wolff zugeeignet

O feras bestias! Malunt
interire humanum genus,
quam nasci!

Nicolaus Chorier.
(Elegantiae latini sermonis)

# I.

Das holprige Pflaster mündet in einen sandigen Weg, der zwischen hohen Pappelbäumen am Kanal entlang führt. Plötzlich rufen alle Kirchenglocken der Stadt Gent in die goldene Abendluft. Sie verkünden die siebente Stunde. Der Unteroffizier Dietrich Vorhofen lässt sein Pferd langsam auf dem Pflaster gehen. Er liest von seiner Karte den Weg ab. Im Sand fängt er an zu traben. Die letzten Häuser der Vorstadt hüpfen heran. Kinder spielen davor. Sie schreien ihm nach. Ein Junge zeigt seinen Hintern. Nun hüpfen die Bäume und Wiesen um den Reiter. Das Wasser des Kanals zischelt leicht gekräuselt am Kanaldamm. Es dunkelt. Der Weg verliert sich im Nebel. Deutlicher wird der Schein großer Brände am Horizont.

Vorhofen denkt an nichts. Seine Hände halten die Zügel des gleichmäßig trabenden Pferdes locker. Die Kartentasche klatscht gegen die Pistole. In der Ferne rauscht Infanteriefeuer. Vorhofen hat Auge und Ohr in der Landschaft. Er kommt an ein kleines Haus auf dem Damm. Es ist dunkel. Die Tür lehnt zusammengetreten gegen die Pfosten. Die Fensterscheiben sind zerbrochen.

Es ist ganz dunkel geworden. Ein kühler Wind zupft ihn an den Ärmeln, umspannt die Handgelenke und lässt ihn erschauern. Irgendwann muss jetzt ein Infanterieposten kommen. Vorhofen lässt sein Pferd im Schritt gehen. Irgendwo erwacht Gewehrfeuer. Schnell und heftig. Plötzlich ist alles wieder still.

Licht zittert in der Ferne. Wagen rattern auf einer weiten Straße. Rufe hallen leise, unendlich. Der Reiter gibt seinem Pferde die Sporen. Die schattenhaften Bäume hüpfen vorüber. Weiter. Weiter.

»Halt!«

»Was wollt ihr?«

Das plötzliche Zusammentreffen mit Menschen macht das Herz klopfen.

»Wo willst du hin?«

»Nach Schloss Merendre.«

»Dort, wo das Licht brennt. Pass im Busch auf. Es gibt Freischärler. Vorhin sind zwei Radfahrer angeschossen worden.«

Umständlich holt Vorhofen seine Pistole aus der Tasche. Er reitet den Damm hinunter. Auf weichem nassen Weg. Das Pferd geht ängstlich. Vor einem verbrannten Haus, das seine verkohlten Dachsparren in den Himmel streckt, scheut es entsetzt.

Weiter. Trab.

Der Sattel knarrt leicht. – Plötzlich klatscht es, wie eine sehr laute Peitsche. Etwas pfeift an dem Reiter vorbei. – Ein dünner zarter Mond steht hinter den Bäumen. Galopp.

Vor einem Tor steht ein Posten.

»Schloss Merendre?«

»Hier.«

Vorhofen reitet durch das Tor. Im herbstlichen Park riecht es süß wie Blut.

Er sieht eine schwarze Tür, die sich halb öffnet. Eine Fülle strahlenden Lichts bricht daraus hervor. Vorhofen bindet sein Pferd an einen Baum und geht in diese Tür. Das viele Licht blendet ihn. Er sieht Offiziere um einen Tisch sitzen. Man fragt ihn, ob er beschossen worden sei. Er erzählt und zieht einen Brief, der ihm übergeben wurde, aus der Kartentasche. Einer der Offiziere nimmt ihn. Dann sagt jemand mit ruhiger, tiefer Stimme, er solle nach unten in den Keller gehen zu den anderen Meldereitern. Er müsse bis morgen früh dableiben.

Vorhofen geht zu seinem Pferd, führt es hinter das Haus, wo noch andere Pferde angebunden stehen, nimmt ihm

Trense und Kandare aus dem Maul, streichelt es, tränkt es und gibt ihm zu fressen. Dann geht er in den Keller, wohin man ihn gewiesen hat.

Drei sitzen auf Kisten um ein Fass, auf dem eine Kerze brennt. Sie spielen Karten. »Trumpf As« brüllt einer. Er ist etwas betrunken. Es riecht nach Wein und Tabak. In einer Ecke liegt jemand schlafend. Er schnarcht und röchelt.

»Trink mal«, sagt einer, der neben Vorhofen steht. Er reicht ihm eine Konservenbüchse, die mit gelbem Wein gefüllt ist. Grün und rot schillert der süße Wein in dem Gefäß. Man reicht ihm einen Napf voll Suppe und ein Stück Brot. Gierig schlingt Vorhofen das Dargebotene hinunter. Dann setzt er sich, in seinen Mantel gehüllt, auf einen Strohsack in die Ecke und will schlafen. Im Dämmern der Empfindungen hört er, wie sie sprechen. – »Vier Kerle waren da. Ein Weib auch. Dem Weib hab' ich mit dem Kolben auf den Schädel gehaut. – Ja, sie ging mit dem Brotmesser auf mich los. Die Kerle hatten Flinten. – Wir haben sie kalt gemacht.« – Die Pferde trampeln unruhig vor dem Fenster und schnaufen. Der Morgen haucht kaltes, feuchtes Licht durch das niedrige Fenster. Vorhofen wird gerufen. Jemand haut ihn auf die Schulter. Seufzend richtet er sich auf. Man gibt ihm einen Brief. Torkelnd, noch vom Schlaf umfangen, geht er zu seinem Pferd, macht es fertig und reitet fort in den Nebelmorgen hinein.

# II.

Die Häuser Gents zittern unter dem Gedröhn der marschierenden Kolonnen. Auf drei Straßen ziehen die gewaltigen Geschütze dem Feind entgegen. – Am Kanal spiegelt sich ein kleiner Vogel im sonnendurchleuchteten Wasser. Die Batterie, der der Unteroffizier Dietrich Vorhofen angehört, ist in der Vorhut. Er reitet mit zwei Kameraden hinter dem Hauptmann an der Spitze der Kolonne. Der Hauptmann Mathias hängt klein und braun über dem Hals seines Rappen. Sein müder Bart ist zerzaust.

Vorhofen sieht in die Sonne. Sein Haar, schwarz und glatt, hängt ihm in die weiße, magere Stirn, auf der Schweiß und Staub schmutzige Rillen gezogen haben. Um den langen, dünnen Mund stehen struppige, schwarze Stoppeln. Die beiden anderen, Klaus und Schneider, reiten gedankenlos in leicht schaukelnder Bewegung neben ihm.

Schneiders Gesicht, rosig und fett, durchzieht eine große rote Säbelnarbe, das Andenken an eine Mensur. Klaus sieht mit großen, tiefen Augen in eine fremde Welt, denn er stand von seinen Schulbüchern auf, um in den Krieg zu ziehen.

Thourout ist erreicht. Die Häuser sind geschlossen, wie vernagelt. Mit grellem Poltern und Klirren ziehen die Geschütze über das holprige Pflaster. Die Chaussee führt bergab. Abend kommt. Dem Mond halten herrische Wolken die Augen zu.

Befehl vom Regimentsstab: »Im Trab vor. Bereitschaftsstellung.«

Wald. Er singt leise. Links geht es über einen Graben. Manchmal knarrt ein Gewehr.

Cabaret de la paix stand über der Tür des Hauses am

Eingang des Dorfes Zarren. Granaten haben das Dach und drei der Grundmauern niedergestreckt. Sie wollen von Frieden nichts wissen. Im Straßengraben wird geschlafen. Als sie am Morgen aufwachen, sind sie durchnässt. In der Nacht hat es geregnet. Das Wasser ist in den Graben gelaufen.

Schneider sagt: »Als der König Nebukadnezar dachte, er wär' ein Rindvieh geworden und in die mesopotamischen Prärien lief, ließ er sich's auch auf den Bauch regnen. – Das gehört zum Milieu.«

»Aber das Menetekel habt ihr noch nicht gesehen.«

»Das kommt später!«


Es wird aufgeprotzt. Am Abend steht die Batterie noch in der Dorfstraße von Zarren.

Von überall knattern Schüsse. Die Kugeln klatschen in die Hauswände, Mörtel und Ziegelstaub spritzt. Geschrei. Verwirrung. Eine Infanteriegruppe geht vor. Das Schießen wird stärker. Der Gaul des Hauptmanns macht einen Satz.

»Bestien.«

Der Hauptmann steigt ab. Zitternd steht das Tier. Aus seiner Flanke läuft Blut.

Anzünden! Anzünden!

»Steckt die Buden in Brand!«

»Räuchert sie aus, die Hunde!«

Sie bringen drei Franktireurs geschleppt. Die Hände auf dem Rücken gebunden. Die Gesichter bleich und stumpf. Die Augen horchend, wie die Augen von Blinden.

Das Dorf flammt auf. Glas klirrt. Grüner Rauch kriecht durch die Straße. Schwarz droht eine Feuerwolke dem Himmel. – Marsch. – – – – –

Die Batterie geht in Stellung an einer Chaussee.

»Reiten Sie zurück und holen Sie die Bagage aus Thourout.« Vorhofen macht sich fertig.

Der Mond hängt nebelig in den Bäumen. Aus Zarren kommt Brandgeruch.

Durch Zarren? Einen anderen Weg gibt es nicht.

Sechs Schatten stehen am Dorfeingang.

Vorhofen pariert sein Pferd. – »Es werden Posten sein.« Trab.

Die Schatten verschwinden. Die ersten Häuser stehen klar. Ein Schuss kracht.

Vorhofen duckt sich. Galopp. Vier Schüsse. Man kann sie zählen: Eins, zwei, drei, vier.

Der Gaul saust über das Straßenpflaster. Schießen hinter ihm.

Vorhofen macht den Rücken krumm, als sollte er Prügel bekommen. Es surrt ihm um die Ohren. Ruhe hinter dem Dorf.

Eine Kavalleriepatrouille hält ihn an. Ob er das Schießen gehört habe.

»Sehr gut sogar.«

»Wo denn?«

»In Zarren.«

Als Vorhofen mit dem Bagagewagen zurückkommt, ist das Dorf stumm. Auf der Straße liegt ein Toter. Schwarz krallen die Fingerspitzen den Boden. Das Gesicht, blau und grün, hält sich an der Sonne fest.

# III.

Man muss sich hinter dem Haus aufhalten. Ein scharfer Wind kommt von den Franzosen her. Ein Wind von Gewehrkugeln.

Die Deutschen müssen von Eessen zurückgehen. Zurückgehen, das ist hässlich. Das ist demoralisierend. Man hat ein Gefühl von Übelkeit, als wenn man sich bald erbrechen müsste.

Alle sind zornig. Die Offiziere sprechen wenig. Manchmal, wenn einer sie ängstlich ansieht, zwinkern sie mit den Augen. Ihr Mund erzwingt ein Lächeln: »Auf morgen, Junge! Dann sollen sie aber laufen!« Dieses Lächeln ist schwerer als eine Schlacht zu gewinnen.

Einer wollte um das Haus in die Scheune gehen, um für die Pferde Heu zu holen. Er schreit und fällt hin. Man schleppt ihn ins Haus. Alle haben, als sie ihm nachsahen, gewusst, dass er fallen musste. Niemand hat ihn gerufen. Wer hat ihnen den Mund zugehalten?

Im Haus ist viel Lärm und Licht. Sie sind gerade dabei, ein Kalb zu zerteilen. Zwei wühlen mit nackten Armen im blutigen Bauch des Tieres. Sie hören das Stöhnen des Getroffenen nicht.

Der Arzt kommt. Er ist ganz ruhig.

»Pinzette«, kommandiert er. »Klammer. Tupfer.«

Der Sanitätsmann kann nichts finden. Er zittert.

»Rechts in der Tasche«, sagt der Arzt.

Die beiden Metzger arbeiten ruhig weiter. Rauchen ihre Pfeifen. Teilen das Fleisch.

Dann richtet sich der Arzt plötzlich auf.

»Ja! – Tot!«

Alle nehmen die Mützen ab. Unwillkürlich. Wissen nicht warum. Sie haben es wohl auf Bildern gesehen. Einer macht die Metzger aufmerksam. Sie gucken.

»Tot?«

Da fällt dem einen das Messer aus der Hand. Er wird weiß.

Ein neuer Befehl kommt. Weiter zurück. Sie graben ein flaches Loch, legen den Toten hinein und machen ein Zeichen, damit sie es später finden, um dem Kameraden ein besseres Grab zu geben.

Dann steigen sie zu Pferde und jagen der Batterie nach. Sie hält hinter einem Berg an einer Windmühle.

# IV.

Vorhofen ist als Meldereiter zum Brigadestab kommandiert. Die Batterien stehen bei Eessen und beschießen Dixmuiden. Vorhofen reitet nach Beerst, Woumen, Zarren und so die ganze Front ab.

Er hat keine Zeit, in die herbstliche Landschaft zu blicken, die Sonne anzubeten, die in einen rotgoldenen Dampf von Wolken sinkt. Er isst trocken Kommissbrot und Wasserrüben. Dazu trinkt er Rotwein und Schnaps. Das ist gut. Die Nerven sind dann stumpfer, und man achtet nicht auf die Schüsse, deren Ziel man ist, und auf die krepierenden Granaten, deren schwarze, donnernde Fontänen Bäume zerschmettern. Wenn man bei einer Meldung warten muss, fällt man um und schläft. Einmal liegt Dietrich Vorhofen auf einem Misthaufen. Einmal vor einer Hundehütte, bis die Ordonnanz ihn wecken kommt.

Am 10. November 1914 bringt Vorhofen den Befehl zu seiner Batterie: Um ein Uhr mittags beginnt der Sturm auf die feindlichen Stellungen. Die Brigade setzt sich in den Besitz der Stadt. Dem fliehenden Feinde ist mit allen Kräften zu folgen.

Zweimal haben die Deutschen vergeblich gestürmt. Zweimal sind sie zurückgetrieben worden. Nach dem ersten Mal ist der Bruder des Brigadeadjutanten vermisst worden.

Sein Zug wusste, wo er war. Aber sie hatten es dem Hauptmann verheimlicht. Später erzählten sie es: Er war verwundet liegengeblieben und den Schwarzen in die Hände gefallen, als die Kompanie wieder zurückging. Die hatten ihn in einem Rübenfeld zwischen ihrem ersten und zweiten Graben niedergelegt. – Mit dem Fernglas konnte man sehen, wie sich bewegte. Aber es war nicht an ihn ranzukommen. Zehn Mann fielen, als sie den Versuch machten. – Und sechs Tage lang sahen sie ihn so zwischen den Feinden liegen, bis er starb.

Vier Wochen sind jetzt vergangen. In der Nacht vor dem Sturm besetzt die Kompagnie den ersten feindlichen Graben. Als der General, der Hauptmann und Vorhofen als Stabsordonnanz morgens früh um sechs Uhr in den Stabsunterstand umquartieren, da kommen zwei Infanteristen, um zu fragen, wo der Hauptmann sei.

»Hier hängt er, was wollt ihr, Jungens?« kräht er gutgelaunt. Sie werden froh, weil er so munter scheint.

»Wollten melden – «

Er kommt vor die Tür, und sie flüstern ihm zu, dass sie seinen Bruder gefunden haben.

»So«, macht er und packt Vorhofen am Arm. Der hält sein ganzes Gewicht in diesem Augenblick.

»Wo denn?«

»Fünfzig Meter vor der Chaussee, links an der zerschossenen Kapelle, vor dem Schützengraben, den wir heute Nacht genommen haben.«

»Könnt ihr ihn abholen?«

Sie nicken.

»Dann los.« Er lässt Vorhofens Arm los.

»Du gehst mit.«

Die drei kriechen durch das Rübenfeld ein Stück vorwärts. Sie kommen an eine Stelle, wo die Rüben ausgerissen sind. Da liegt ein Toter mit ausgebreiteten Armen. Seine Hand hält einen Zettel. Darauf steht Name, Regiment und die Worte: »Ich muss sterben.« Daneben liegt ein abgebrochenes Taschenmesser und eine Büchse Fleisch, die er zu öffnen versucht hatte.

Soweit seine Arme reichen konnten hat er die Rüben ausgerupft und aufgegessen. – Den Zettel bringt Vorhofen dem Hauptmann. Der sitzt vor dem Unterstand und stößt immer seinen Säbel in den Boden:

»Verflucht noch mal! Verflucht noch mal!«

Um ein Uhr mittags gibt der General den Befehl zum Angriff.

»Jetzt geht's los«, flüstern alle und kriechen aus dem Graben. Zwei rennen vor. Stehen, Gewehr im Anschlag. Vierzig Meter vorn kommen die Schwarzen aus dem Graben. Zwanzig, achtzig Köpfe. Heben die Hände hoch. – Und sie laufen geduckt vor. Packen sie. Den nächsten Graben überrennen sie. Sie werden toll. Brüllen wie besessen. Was in den Weg tritt, fällt zur Seite. Plötzlich sind sie in der Stadt. Vorhofen steht mit zwei Kameraden hinter einem zerschossenen Haus.

»Haha – haha«, lachen sie atemlos.

Und zur Seite breitet sich das Gelände. Und sie sehen, wie sich die Reihen unter den Bäumen vorwärts winden.

»Hurra! – hurra!«, tönt es, wie von spielenden Knaben in der Ferne. Ein Baum fällt, von einer Granate krachend getroffen.

Sie laufen wieder. Der Schweiß rinnt. Die Augen sind blutunterlaufen, die Lippen trocken und hart. Einer stürzt aus einem Haus. Jetzt ist er nicht mehr da.

Auf dem Marktplatz sind viele. Sie haben Gefangene.

»Ne pas tuer, je suis trop jeune – dix-sept ans.«

Große ängstliche Augen.

Vorhofen schämt sich. So gibt er ihm denn einen Schluck Wein aus seiner Feldflasche.

Dann geht er zurück zum Brigadestab und gibt die Meldung des Sturmtrupps ab.

Der General befiehlt ihm zurückzugehen. Am nächsten Morgen soll er den Divisionsbefehl nach Dixmuiden bringen.

Als Vorhofen am Wegkreuz vor Eessen steht, dreht er sich noch einmal um. Die Stadt Dixmuiden brennt hier und dort.

»Es ist gar nichts Besonderes«, denkt er. »Nur die Toten – die Toten.«

# V.

Die Batterie geht in Stellung. Die Nacht ist ganz schwarz. Im Sand knirschen die Räder. Die Geschirre der Pferde klirren. Hohe Pappeln am Wege, die der Wind hin und her biegt. In der Ferne eine blaue Leuchtkugel. Flackernd, forschend, unruhig. Sie sinkt, als hätte sie genug gesehen. Ein Kanonenschuss folgt.

Man kommt an ein zerschossenes Dorf. Der Hauptmann schickt eine Patrouille vor.

Die Pferdehufe schlagen auf dem Pflaster Funken. Lafetten rasseln. Plötzlich ist die ganze Nacht mit Geräusch erfüllt. Ein Hund kläfft wütend. Ein aufgescheuchtes Schwein trottet grunzend über den Weg. Am Eingang des Dorfes ein Doppelposten.

»Was ist das hier?«

»Merkem.«

Man hört einen Reiter fortreiten. Das Geräusch der Pferde erstirbt in der Ferne. Der Unteroffizier am ersten Geschütz, Dietrich Vorhofen, flüstert mit seinen Kanonieren.

»Alle Munition auspacken, damit die Protze leer wird.«

»Schön beschissen hier.«

»Sei still, Mensch.«

»Sssst!«

Ein Reiter kommt.

»Batterie marsch!«

Die Pferde schnaufen. Wieder Sandweg. Einzelne Infanteriekugeln sirren in der Luft.

»Rechts schwenkt marsch! – – Links marschiert auf. Erstes Geschütz halt! Nach vorwärts protzt ab!«

»Stoppelacker«, sagt einer.

»Vorsicht.«

Die Staffel kommt. »Hier, erstes Geschütz.«

Der Munitionswagen wird neben die Lafette geschoben.

»Hallo, Jup! Bist ordentlich durchgeschaukelt?«

»Still jetzt. Spaten los und gegraben, sonst haben sie uns gleich morgen.«

»Mehr zurück mit dem Loch, sonst kann ich mit dem Lafettenschwanz nicht rum.«

»Ick hab'n Strohhaufen jefunden, Untroffizier.«

»Wo denn, Jupp?«

»Jrade über die Straße wej.«

»Nehmt aber die Karabiner mit.«

Schnaufend richten sich die Grabenden auf. Erstaunt erkennen sie die Landschaft. Rechts die Chaussee. Schwarze Bäume einer Allee vor der Stellung fressen sich in den grauen Morgenhimmel. Eine zerschossene Kirche. Häuser in Schutt. Müde und krank schleichende Kühe. Wind kommt. Es riecht süßlich nach Faulendem.

Plötzlich flattern Raben auf.

»Wir haben uns gut eingebuddelt.«

Vorhofen kneift die Augen zusammen. Die Zähne stehen weiß im dunkeln Schatten des Gesichts.

»Wollen erst den Abend abwarten, Unteroffizier.«

»Hast Angst, Schneider?« fragt Klaus.

»Bist wohl verrückt, was?«

Der den Strohhaufen entdeckte, sitzt im Unterstand, zündet sich eine Zigarette an und freut sich über das Nest, das er zurechtgemacht hat. Im leeren Munitionswagen steht ein Spirituskocher. Darüber ein Kesselchen mit Kaffee. Er ist der Jüngste. Jupp, ein hübscher Junge.

Nebel hängt in den nahen Bäumen. Die Mannschaften der Geschütze schlafen in ihren Höhlen. Die Nacht sitzt träumend auf den Wällen, hinter denen feindliche Menschen lauern.

Plötzlich ist alles weiß im Mondschein. Man hört Wagen rollen.

»Die Mannschaften Essen empfangen!«

Die Küche ist da, aus jedem Unterstand kriecht ein Mann mit einem Topf.

Die Teller sind leer. Jupp hat in der Ecke ein Brett in die Erde gerammt. Eine Kerze brennt darauf. Das Licht dringt schwach durch den Zigarrenrauch.

Man hört im Wind Infanteriefeuer rauschen. Zuweilen kommt eine Kugel geflogen. Puuiiih! macht es.

»Dunnerkeil, der Hauptmann hat heute gar nicht schießen lassen. Wir müssen doch die Infanterie unterstützen.«

Klaus kriecht aus dem Unterstand in die helle Nacht. Alle horchen.

»Das ist weiter rechts. Das ist nicht unser Abschnitt.«

Alles sitzt still und horcht auf das Feuern.

»Im übrigen hat der Hauptmann mit dem vierten Geschütz geschossen«, sagt Schneider.

»Nein, er hat nicht geschossen.«

»Er hat geschossen. Ich hatte heute früh Wache. Ihr habt ja geschlafen!«

»Dass ihr beide euch immer zanken müsst«, ruft Vorhofen. »Macht das doch im Ruhequartier ab und nicht hier.«

»Wenn der Junge doch die Wahrheit sagen möcht! Ich war die ganze Zeit wach. Der Alte hat nicht geschossen.«

»Selbstverständlich hat er nicht geschossen. Wie sollte er auch dazu kommen, bei Nebel zu schießen«, sagte Schneider plötzlich.

»Du bist ja verrückt, du Ochse«, ruft Jupp.

»So«, macht Schneider.

»Warum erzählst du uns eigentlich zuerst, der Hauptmann hätte geschossen?« fragt Klaus leise.

»Weil ich dachte, ihr würdet nicht einschlafen, sondern immer auf das Schießen hören.«

Alle lachen.

»Das Licht geht aus«, sagt Vorhofen. »Wir müssen schlafen.«

Vorhofen öffnet die Augen. Er hört das Atmen der andern. Einer stöhnt im Schlaf. Er klettert vorsichtig über die Schlafenden. Steht am Geschütz.

Es war furchtbar heiß dort unten. Jetzt streicht ihm der kühle Wind über das noch schlafende Gesicht. Vorhofen träumt: Die Redaktion der Berliner Zeitung. Die Rotationsmaschinen dröhnen durch das Haus. Telefon. Jemand macht einen Witz. Die elektrischen Lampen brennen. Man schreibt. Zigaretten. Theater. Die Schauspieler. Dora.

Vorhofen fühlt, dass seine Hände zittern. Er sieht sein Bett. Den weißen Körper der Frau. Er fühlt Lippen über seinen Augen, zuckende Glut um seinen Mund.

Plötzlich erwacht er. Rasendes Schießen. Maschinengewehre knattern. Dazwischen Sturmseen von Infanteriesalven. Der Posten kommt zu ihm.

»Wollen Sie nicht schlafen gehen, Unteroffizier?«

»Ich kann nicht.«

Beide horchen auf das Schießen. Ein Vogel schreit wild. Plötzlich fragt der Mann: »Warum muss Krieg sein, Unteroffizier?«

Er tritt verlegen von einem Fuß auf den andern. Sein Mund lächelt einfältig schmerzlich. Vorhofen sieht ihn an. Hier helfen keine Phrasen. Langsam sagt er: »Ich weiß es nicht.«

Dann horchen sie wieder auf das Schießen.

»Blut will Blut«, sagt Vorhofen leise.

Er verbirgt sich hinter einer Zigarette.

»Schenken Sie mir auch eine Zigarette«, sagt der Mann.

»Gute Nacht, Unteroffizier.«

Dann geht er mit breiten Schritten langsam in das Dunkel.

Früh bekommt Jupp einen Rippenstoß.

»Raus, es wird geschossen.«

Alle springen auf. Schlafend noch, sind sie auf ihrem Platz, bis das Kommando kommt. Da raffen sie sich auf.

Den ganzen Tag über wird geschossen. Sieben Ziele. Einschießen. Wirkungsschießen. Am Nachmittag tasten feindliche Schrapnells die Gegend ab. Es scheint, der Gegner kann nichts finden. Die Nebel der Dämmerung unterbrechen die Arbeit. Die Geschütze stehen für die Nacht schussbereit.

Am Morgen regnet es. Die Batterie schießt nicht. Aber feindliche Granaten schlagen dicht vor der Stellung ein. Zischend sausen sie durch die Luft. Krachend stoßen sie in die Erde. Die Nerven sind gespannt. Das Getöse schwingt darüber wie Töne über Saiten. Man hört, wie das Blut in den Adern klopft.

Wenn man nur antworten dürfte! Man sitzt in der Erdhöhle: blass, man blickt sich in die leeren Gesichter. – – –

Der Abend kommt kalt und schwer. Auf der Chaussee hallen die Tritte der Infanteriekolonnen, die sich in den Schützengräben ablösen. Zuweilen ein Schuss. Die Kugeln streichen über die Straße.

Schneider geht mit Klaus in das Dorf. Sie wollen in den verlassenen Gehöften nach Gefäßen suchen. Irgendwo klagt ein hungriger Hund. Sein Heulen weckt Angst. Die beiden kommen in ein Gasthaus. Klaus stolpert. Er zündet seine Taschenlampe an. Ein Toter liegt vor seinen Füßen. Schneider wird blass: »Wir wollen fort!«

»Einen Augenblick nur.«

Plötzlich krachen krepierende Granaten. Es saust dicht beim Dorf. Klaus löscht die Lampe aus.

»Verflucht. Sie haben das Licht gesehen!«

Neues Krachen. Es klatscht gegen die Mauern. Etwas fällt neben Klaus um.

»Schneider« – Stöhnen –»Schneider!« –»Hilf mir – ich kann mich nicht bewegen.«

»Bist du getroffen?«

»Es ist so schwer im Rücken.«

»Warte, ich werde zur Batterie gehen.«

»Lass mich nicht allein – nur nicht allein lassen!«

»Aber Schneider – Schneider.«

Dem andern schnürt es die Kehle zu. Er kniet und tastet über Schneiders Brust.

Schritte draußen. Jemand ruft.

»Hallo – ha ha«, Klaus schreit wie irre.

»Hier! Was ist los?« Vorhofen ist es.

»Schneider ist getroffen.«

Schweigen.

»Wir tragen ihn«, sagt Vorhofen.

Jupp hält die Kerze.

Der Sanitätsunteroffizier sagt:»Umdrehen.« »Aber ich kann doch nicht, Bellok.« Schneider spricht etwas schwerer, als hätte er viel getrunken. Er ist sehr bleich.

Klaus und Vorhofen legen ihn auf den Bauch.

Der Sanitätsunteroffizier streicht seinen blonden Schnurrbart wie einer, der seine Arbeit zugewiesen bekam. Er nimmt eine blanke Schere und schneidet den Rock auf. Das weiße Hemd ist tief gerötet.

Mitten in Schneiders hellem Körper ist ein kleiner bläulicher Fleck.

»Du kannst dich nicht bewegen?« fragt der Sanitäter.

»Nein.«

Alles ist ganz still. Jupp hält das Licht schief. Das Wachs tropft ihm über die Finger.

Plötzlich fragt Schneider leise:»Tut es weh, Bellok?«

»Was denn, mein Jungchen?«

»Diese Geschichte. – Lang dauert es doch nicht mehr!«

Durch den offenen Vorhang des Unterstandes sieht man am Himmel einen kleinen flackernden Stern.

»Ich werde dir ein Schlafpulver geben, mein Jungchen.«

Es ist so, als ob der Sanitäter allein im Unterstand wäre. Plötzlich schreit Schneider.

»Umdrehen – Umdrehen!« Er atmet tief. Seine Augen flackern.

»Ich muss Briefe schreiben. Gib mal her. Nein. Ich diktiere. Pass mal auf. Nein. Gott – mein Gott. Zum Teufel noch mal. Schnell, schnell. Mein Kopf. Also pass mal auf. Helft mir doch. Ich kann ja nicht – «

»Ruhig, Schneider.« Vorhofen ist ganz heiser.

Schneider sinnt und lächelt.

»Das Atmen fällt mir schwer, Bellok.« »Ich werde dir ein Schlafpulver geben.« Der Himmel hat sich bewölkt. Ein leichter Wind fasst den Vorhang.

»Klaus, wenn du nach Berlin kommst, lass dir – aber – man weiß ja gar nicht, was nun werden kann.«

»Ich werde dir ein Schlafpulver geben, mein Jungchen.«

»Mein Gott! Ich kriege ja keine Luft mehr – Bellok – Klaus. Nehmt – nehmt – –«

Der Sanitäter streicht mit der Hand über des Toten Augen.

»Nun brauchte ich noch nicht einmal Morphium. Ja, solche Verwundungen des Rückenmarks schmerzen selten. 10 Uhr 20 Minuten. Muss dem Hauptmann gemeldet werden. Guten Abend!«

Am nächsten Tage begraben sie den Toten. Die Allee vor der Stellung ist ein gutes Hilfsziel für die feindliche Artillerie. Den ganzen Tag krepieren die Granaten vor und hinter den Geschützen. Der Boden zittert.

In der nächsten Nacht kommt der Befehl zum Stellungswechsel. Die Kanonen werden aus den Deckungen gebracht. Man atmet auf. Nur erst glücklich raus aus der Hölle.

Nun wandern sie auf der Chaussee zurück. Die Sterne zittern über ihnen.

# VI.

Am Bahnübergang von Poelcapelle steht ein Gasthaus: »In de Pelikaan.« Granaten haben das Dach abgedeckt. Hier führt der Weg rechts ab zur Batteriestellung.

Die Batterie beschießt die Gasfabrik von Langemark. Dort sind feindliche Schützengräben. Auf dem Kirchturm von Langemark sitzt keck das blinkende Kreuz.

Die Geschütze sind in einem verlassenen französischen Schützengraben eingebaut. Er ist tief. Die Unterstände sind fest.

Kein Schuss fällt in der Nacht. Wie schön ist die Ruhe.

»Gestern Abend haben sie mit Schrapnells hierhergestreut. Vielleicht haben sie uns schon wieder weg.«

»Das glaub' ich nicht, Klaus«, sagt Jupp.

»Es ist aber möglich, dass sie Reserven in ihrem alten Graben vermuten und ihn morgen eindecken«, brummt Klaus.

»Zum Teufel, quatscht doch nicht so ein Zeug. Wenn sie schießen, schießen sie eben. Jetzt wird geschlafen«, kommandiert Vorhofen. Das Licht geht aus. Die Schläfer atmen friedlich. Noch graut der Morgen nicht. Die Wache läuft von Unterstand zu Unterstand.

»Es wird geschossen.«

»An die Geschütze treten.«

Vorhofen springt auf.

»Raus!«

»Los, los!!«

Infanteriefeuer rast.

»Ich muss mal erst pissen«, schreit Jupp.

»Nachher, wenn Feuerpause ist.«

Schon brüllt der erste Schuss.

Rollen und Krachen ohne Aufhören.

Feuer steht vor den Geschützen.

»Siehste, Klaus, hast doch einmal recht. Die Artillerie hat uns weg.«

Sausend kommen die Granaten geflogen. Ein feiner Sprühregen schlägt in die Gesichter der Kanoniere. Schweiß rinnt. Rauch der eigenen Geschütze erschwert das Atmen.

»Lagenweise von rechts feuern! 2100.«

»Nächste Lage 2150.«

»2175.«

»2200.«

»2225.«

Plötzlich steht das Geschütz in Flammen. Betäubendes Krachen. Etwas sprudelt.

Klaus schreit Jupp an.

Keine Antwort. Welch süßlicher Geruch!

Der Körper des Richtkanoniers, der Jupp genannt wird, sackt nach vorne und klemmt sich zwischen Sitz und Richtmaschine. Die anderen stehen stumm und untätig.

Tot.

Sie ziehen ihn heraus. Aus der Stirne hängt ein weißer Fetzen, wie ein Wurm, der sich festgesaugt hat.

»Ich richte«, schreit Vorhofen.

»Nächste Lage 2225.«

Wieder kläffen die Geschütze.

Sie legen den Toten auf den Schutzwall. Niemand denkt. Die Köpfe sind dumpf. Schießen. Sich wehren. Das ist alles.

»Feuerpause.«

Sie haben den Toten in eine Zeltbahn gewickelt und neben den Geschützstand gelegt. Vorhofen ist beim Hauptmann gewesen und hat gemeldet, dass Jupp gefallen ist. Der Hauptmann hat angeordnet, dass er in der Morgendämmerung nahe der Chaussee begraben wird. Sie sitzen still beieinander. Klaus hat zwei Kerzen angesteckt. – Und draußen liegt etwas, starr, massig. Toll, dass man sich das alles gar nicht vorstellen kann.

Kam einem denn schon jemals zu Bewusstsein, dass man Menschen Schmerzen bereitet mit diesen Granaten da?

Der Hauptmann sagt: »Jungens, heute sind sie aber geflogen, wie die Säcke,« und er meint, dass man gut geschossen habe und der Feind viele Verluste hatte.

Woher man nur den Mut nimmt, einen Menschen totzuschießen? Zum Rasendwerden, das! Zum Rasendwerden!

Jetzt, wo einer tot ist, fühlt man sich sicher. Die irre Angst vor dem Ende während des Bombardements ist abgelenkt.

Klaus fängt an zu erzählen:

In einer Stellung bei Dixmuiden schickte mich der Hauptmann mit einer Meldung zu den Jägern, die vor uns lagen. Unsere Batterie stand in der Stadt, quer über eine große Chaussee. Rechts von uns war eine Mühle auf einem Hügel. Da waren die Jäger – Schützengräben. Ich brachte meine Meldung hin, und da ich in der Dunkelheit den Weg nicht finden konnte, wollte ich im Stall neben der Mühle bis zur Morgendämmerung warten.

Ich ging hinein. In der einen Ecke rührte sich etwas und stöhnte. Ich fand einen Soldaten, der auf einer Zeltbahn lag. Wir sprachen miteinander, und da erfuhren wir, dass wir Freunde waren. Auf einer Mensur gestanden hatten.

Er wusste gar nicht, wie schwer es ihn getroffen hatte. Ich tastete über ihn, weil er mich bat, seinen Kopf zu heben. Er atme so schwer, sagte er. Da fühlte ich, dass seine Uniform ganz nass war. »Ja,« meinte er, »ich hab' gestern eine Fleischkonserve gegessen, die muss schlecht gewesen sein.« Es lief mir über die Hand.

Er hatte einen Blutsturz nach dem andern.

»Schnöde Abfuhr«, flüsterte er.

»Mit der eleganten Fechterpose ist es ex. Aber man muss machen, was die Hunde tun, diese Scheißhunde, die!

Sollten doch mal kommen, die! Ich wollte sie schon abstechen. Von Komment keine blasse Ahnung.«
»Wenn ich jetzt nach Hause komme, krieg' ich wenigstens ein reines Bett. Und mein Mädel –«
Er warf sich auf die Seite. Das Blut brach aus seinem Mund.
»Elende Schweinerei«, brummte er.
»Du, sag' mal,« fing er wieder an, »weißt du noch, wie wir auf der Abschiedskneipe gesungen haben?« Ganz heiser kam die Melodie.

»Wie kommen die Soldaten in den Himmel?
Kapitän und Leutenant?
Auf einem weißen Schimmel –
So kommen die Soldaten in den Himmel.«

Er war still. Und dann – plötzlich – schrie er auf und war tot.
»Klaus,« flüsterte Vorhofen, »ich glaube, dass sie gar nicht gefühlt haben, dass sie sterben mussten.«
»Doch, Unteroffizier: Schneider hat es gefühlt, der war zu klug, der Kerl.« »Ja, aber.«
»Nur die einfachen Menschen fühlen nicht, wenn sich der Tod naht.«

Merkwürdig, dass das Band so schnell reißt. Jupp ist begraben. Sie haben gut geschlafen. Nun wissen sie nichts mehr von ihm. Der Hauptmann schickt andere, die Lücken auszufüllen.
Auf der Kirche von Langemark blinkt das kecke Kreuz.

## VII.

Die Deutschen haben St. Georges verloren. Zweimal haben sie gestürmt. Zweimal haben sie es verloren. Ein drittes Mal werden sie stürmen und werden Herren des Trümmerhaufens bleiben.

Sie halten sich am Rande des Dorfes fest, wie Tropfen am Rand einer Schüssel.

Ein leichter Wind treibt den Geruch der Leichen zu ihnen. Die Sonne scheint, die Hyäne.

Dicht vor dem Ort ist eine kleine Kapelle. Einst haben hier Kinder auf den Steinfliesen gekniet: »Sainte Barbe priez pour nous.«

Die Kleinen sangen: »Saen baer piez pou nous.« Der Wind streicht jetzt durch die zerschmetterte Tür und spielt mit Messingtellern und Glöckchen, die klingen wie eine endlose Litanei von Kinderstimmen.

Ein Leichnam liegt neben der Kapelle. Ein zerfetzter Körper. Eine Granate hat die Eingeweide ein Stück fortgeschleudert. Sie hängen über einem niedrigen Strauch.

Sie graben sich an den Feind heran. An einem Abend hören sie lachen. Eine Gitarre klingt:

»Manon, voici le soleil!
C'est le printemps, c'est l'éveil,
C'est l'amour, maître des choses.
C'est le nid dans les buissons,
Viens éprouver les frissons
Des bleus de l'onde et des roses.«

Ein dumpfer Knall. Brausend kommt die Mine geflogen.
»Manon, voici le soleil –« Frauensüße. Liebe. Bois –

Ein Schrei. Rasende Erde. Schwarze Fontäne. Ein Mensch saust zehn Meter hoch in die Luft. Klatschend, nasser Sack, fliegt er zu Boden.

Eine zerschmetterte Gitarre hält die tote, gekrallte Hand.

Der Abend hat dünnen, metallischen Glanz. Man hört das Meer brausen. Noch pfeift ein Vogel. Es ist eine Goldammer. Und der Wind plärrt: »Sainte Barbe priez pour nous«, endlos.

Die Nacht schreitet den Dünen entgegen.

Die Wache, die im Graben patrouilliert, sieht die Häuser Ostendes blau im Mondlicht. Tönt es nicht leise wie Geigen? Hört man nicht Frauenlachen? Der Kursaal ist voll eleganter Menschen. Deutsche, Franzosen, Engländer, Amerikaner. Es wird getrunken. Tanz. Die Geschütze krachen. Die Infanterie steht an den Schießscharten. Maschinengewehre werden hungrige Panther. St. Georges haben sie verloren. Aber weiter gehen sie nicht. Sie haben sich im Kanaldamm festgebissen.

»Nun sollen sie kommen, die Hunde!«

# VIII.

Vorhofen geht durch die schmale, nächtliche Straße. Die Sporen klirren. Alle Häuser schlafen. Der Mond leuchtet blau. Vorhofen überschreitet den Fahrdamm. Am Bahnhof glänzt ein kleines Licht. Der Frühlingswind singt in den Telegraphendrähten. Hinter dem Bahndamm ist ein kleines Haus. Unter der Klingel ein einfaches Schild. Charles Devolder steht darauf. Das ist Vorhofens Quartier. Am Horizont zucken unruhige Feuerscheine. Dumpf rollen die Geschütze. Leuchtkugeln flackern auf.

Vorhofen öffnet die Tür. Eine junge Frau steht am Küchenherd. Sie ist schlank. Ihre Glieder blühen in knapper Kleidung. Das schmale, blasse Gesicht umrahmen schwarze Flechten.

Vorhofen hängt seine Mütze an einen Haken, setzt sich und zündet eine Zigarette an.

»Sie sind lange fortgeblieben!« sagt die Frau und sieht ihn an.

»Ich war bei meinen Kameraden.«

»Im Gasthaus?«

»Nein, bei Griffin.«

»Ah, wo die vier Kinder sind.«

Vorhofen nickt. Die Frau zuckt plötzlich zusammen. Sie fühlt seinen Blick. Dann dreht sie sich um und rührt in dem Topf, der auf dem Feuer steht. Beide erwägen. Vorhofen steht langsam auf und fängt an, auf und ab zu gehen. Jedes Mal, wenn er an ihr vorbeistreift, trifft ein kühler Luftzug ihren Nacken.

Er bleibt bei ihr stehen.

»Was kochen Sie denn noch, Alida?« Sie wird rot.

»Etwas Milch.«

»Haben Sie noch nicht zu Abend gegessen?«

»Doch. Aber das soll morgen früh für Sie sein.«

»Für mich?« fragt Vorhofen leise. »Sie machen sich soviel Umstände für mich?«

Er legt seinen Arm um ihre Hüften. Sie erschauert und schmiegt sich an ihn.

»Ist es Ihnen nicht recht?« fragt sie zögernd mit gesenktem Kopf.

Er lacht leicht auf und tut einen tiefen Zug aus der Zigarette.

»Sie müssen nicht soviel rauchen.«

»Das schadet mir nicht.«

»Das schadet den Lungen.«

»Haben Sie soviel Sorge um mich?«

Sie errötet. Er zieht sie an sich. Sie sträubt sich und ist dennoch willig. Er beugt ihren Kopf weit zurück und küsst sie.

Die Milch zischt im Topf auf und fließt auf die Herdplatte. Die beiden lachen. Alida nimmt das Gefäß vom Feuer. »Gute Nacht«, sagt sie und löscht die Lampe aus.

Der Morgen graut. Vorhofen erwacht. Die Frau liegt neben ihm. Ihr Haar ist wirr, die Augen leer. Die Hände sind satt auf der Decke. Alles ist Ruhe. Er bewegt sich. Sie erwacht und reckt ihre Arme, um ihn an sich zu ziehen.

»Jetzt nicht«, flüstert Vorhofen.

Er ärgert sich über seine schwere Stimme. Das Mädchen lacht verstohlen. Ihr Lachen ärgert Vorhofen.

Sie fragt leise: »Hast du mich lieb?«

In seinem Mund ist ein bitterer Geschmack.

»Lass mich in Ruh«, sagt er wie traurig und küsst ihre Stirn. Dann steht er auf, zieht sich schnell an und eilt zu den Quartieren seiner Leute.

Mittags kommt er zurück. Er ist voll frischer Luft. Die Küche ist hell gescheuert.

Sie essen zusammen. Sie sind vertraut.

Alida sieht ihn an. Ihre Augen sind große ängstliche Lichter. Aber ihr Leib duldet seine stürmischen Liebkosungen.

# IX.

Die Batterie ist auf einen langen Zug verladen. Plötzlich schrillt ein Lokomotivpfiff. Der Zug setzt sich in Bewegung. Es geht nach einem anderen Kriegsschauplatz. Zurückflutende Wellen sind die wallonischen Berge. Sie fahren in eine Landschaft, die der Abend mit Mennige bestreut hat. Errötet stehen die kleinen Bauernhäuser in den weiten Feldern, durch die sich violette Wasseradern ziehen. Ein Wind läuft mit dem Zug um die Wette. Die Gräser am Schienenstrang entlang ducken sich. Kleine Städte erscheinen. Bahnhöfe, die sich hinter sie drehen. Die Weichen knattern wie Gewehrfeuer. Tücher flattern. Soldaten schreien Hurra und schwenken die Mützen.

Der Zug saust in die Kurve. Am letzten Wagen flattert die Fahne. Nun verblassen die Farben draußen. Alles wird stumpf und grau. Die Bäume verstecken sich in die nächtige Landschaft. Nur ein Licht im Fenster glänzt zuweilen. Sehnsüchtig, wie der Ruf einer Wartenden. Die Fahrenden stecken die Kerzen an. Zum Schlafen ist es zu früh. Sie rauchen und plaudern. Froh. Erfüllt von Erwartungen.

»Wir werden durch Deutschland fahren!«

»Deutschland!«

Sie träumen von etwas Köstlichem, Ruhigem. Und jetzt erst fühlen sie, wie feindlich das Land war, in dem sie gekämpft haben. Müde vom Plaudern strecken sie sich auf die Bänke zum Schlaf. Es scheint ihnen, dass sie bald geweckt werden. Aussteigen. Sie bekommen Essen und Kaffee. Der Himmel ist entzündet über Saarbrücken. Drei Uhr morgens.

Sie können nicht schlafen, darum setzen sie sich zusammen und warten.

37

Deutschland. Durch Koblenz sausen sie. Die rheinischen Berge lächeln lieblich.

Würzburg. Ein französischer Gefangener steht auf dem Bahnsteig. Er kommt von der Landarbeit und reist in sein Lager zurück. Frisch und rot sieht er aus, als käme er aus den Ferien. Seine Augen sind tief und traurig. Das sehen sie nicht. Er hat keine Sorgen mehr. Die Gefahr ist zu Ende für ihn. Sie zeigen ihm Dinge seiner Heimat. Valencienner Spitzen und Tücher. Manche schenken ihm etwas.

Menschen jubeln ihnen zu. Kinder stehen am Schienenstrang und werfen Äpfel in ihre fangbereiten Hände. Wenn der Zug hält, kommen Frauen mit Bier und Zigarren gelaufen, um zu geben.

Die Fahrenden zittern vor Glück. Manche tanzen singend in dem kleinen Abteil. Recken die Arme und schreien. Nun kommt der Abend. Durch die deutschen Bäume neigt er sein gutes Greisengesicht ihnen zu und grüßt sie. – Der deutsche Abend.

Der Zug rollt durch Marburg in der Steiermark. Tunnels verdecken die Landschaft. Selig haben die Fahrenden die Schönheit der gewaltigen Berge geschaut.

Prager Hof.

Und nun gleiten sie hinab ins ungarische Land. Am Plattensee vorüber. Auf einer kleinen Station hält der Zug. Sie steigen aus. Es ist Abend. »Dort,« der Schaffner hebt den Arm und zeigt in die Ferne, »wo der Himmel brennt, dort ist die Hauptstadt Budapest!«

In einer schwarzen Nacht hält der Zug. Sie werden ausgeladen. Totes Schweigen über der ungarischen Ebene. Sie wissen: Bald werden die Geschütze gegen die Mauern Belgrads hämmern.

# X.

Plötzlich sind die lustigen Fahnen am Kai von Orsova verschwunden. Der Berg, den die Pferde schwer schnaufend überstiegen haben, hat sie verschluckt. Man hört nicht mehr den Lärm der Stadt. Nur ein Wasser rauscht.

Langsam keuchen die Tragtiere der Batterie durch den zähen Schlamm der Straße. Die Führer schreien. Zuweilen fällt ein Pferd. Es muss abgeladen werden. Unter Flüchen und Prügel wird es hochgezerrt. Steht über und über mit grauem Teig beklebt und wird wieder beladen. So geht es mühselig und sehr langsam weiter.

Man sieht nicht die Felsenberge auf dem anderen Ufer der Donau, die die Sonne mit Zinnober gepudert hat. Man achtet nicht auf die Vögel, die in den Büschen pfeifen. Mit krummem Rücken geht man stumpf dahin, bis die Dunkelheit die Wege verstellt.

Halt! – – –

Vorhofen hebt den Arm. Die Tragtiere stehen. Hunde bellen böse. Weiße Flecke hängen im Nachtblau. Ein Dorf. Sziy wird es sein. Die Leute sind nervös. Die Tiere schnaufen.

Sie riechen den Stall. Vorhofen tappt durch das nächtliche Dorf. Er findet keine Einwohner. Sie sind alle nach Rumänien geflüchtet.

Ganz allein mit seinem Telefonapparat und seinem Karabiner sitzt ein deutscher Telefonist in einer Bauernhütte und hält Station zwischen Orsova und der Front, die immer weiter vorrückt.

In seiner Hütte brennt ein Feuer. Es ist gut bei ihm sein. Froh, dass jemand zu ihm kommt, bereitet er einen Kaffee. Vorhofen hat Zigaretten und Zucker. Genug, um für Augenblicke zufrieden zu sein.

Von Deutschland und vom Frieden sprechen sie. Das sind immer dieselben Gespräche. Nacht wölbt die große Brücke, auf der sie nach Deutschland wandern.

Die Soldaten schlafen alle. Der Posten patrouilliert schweigend auf der Straße. Wasser rauscht von den Bergen in die tiefe Nacht. Vom andern Ufer blinzeln Lichter. Eisenbahnen rollen. Pfeifensignale. Rangierende Lokomotiven. »Das ist Rumänien«, sagt der Telefonist. »Dort ist Frieden.« –»Frieden? – wie das sein mag? Wir müssen uns besinnen: Mit schönen Frauen gehen. Arbeiten. Ideale, Werte schaffen. – Wir stehen vor einem verschlossenen Tor.« Der Telefonist nickt und fängt an, von seiner Heimat zu erzählen. Kiefern in weißem Sand. Von der grünen See und den Schiffen, die darauf fuhren und wieder fahren werden. Mit leuchtenden Segeln in fremde Länder tragen, was deutsche Hände schaffen.

Morgen im Nebel. Die Pferde werden gesattelt. Lärm wacht auf. Die Batterie marschiert weiter. Die Berge öffnen sich. Maisfelder. Wiesen. Weingärten.

Um Mittag kommen sie nach Kladowa. Auf dem Marktplatz gaffen ein paar alte Weiber. Sonst ist die Stadt leer, Schutthaufen auf der Straße. Schwarze magere Schweine schmatzen an einem gefallenen Pferd. Verwüstete Häuser.

Sonne liegt auf der Donau und der weißen Stadt dort drüben, auf Tournu-Severin. Dort rauchen Schlote. Dort ist friedliche Arbeit. Ordnung. Frohe Menschen.

# XI.

Der Punkt in der Ferne, wo die Donau in den Himmel fließt, wächst sich zu einem ordentlichen Monitor aus. Der Matrose an der Anlegestelle winkt mit der Flagge. Der Dampfer legt an. Vorhofen geht an Bord. Der Monitor ist klar zum Gefecht. Die bronzenen Geschützrohre leuchten hell, und hinter Panzerplatten lauern grimmig stahlschwarze Walzen: Maschinengewehre.

Serbische und russische Kriegsfahrzeuge unter dem Schutz der Donauinseln zu suchen, ist die Aufgabe des Schiffes. Der lustige Kapitän reibt sich die Hände: »Seit Monaten mal wieder anständige Arbeit.«

Sie fahren an einer rumänischen Insel vorüber. Die Zollwächter winken und rufen freundliche Worte. Auf serbischem Ufer ziehen deutsche Kolonnen.

Die Sonne sinkt hinter Weingärten. In Prachowo, dem Hafen von Negotin, legen sie an.

Die Serben errichteten hier eine Barackenstadt für den Handel mit Russland. Man findet russische Fleischkonserven. Kisten, die einst Quäker Oats, englische Lederwaren, französische Parfüms und American refined Oil enthielten, liegen umher. Bulgarische, österreichische und deutsche Soldaten machen Lagerfeuer damit.

Ein bulgarischer Posten hält Vorhofen an.

»Ti German?« Vorhofen nickt bejahend mit dem Kopf.

»Nehma German – ti austrian?«

Vorhofen vergaß, was ihm der liebenswürdige Kapitän gesagt hatte. Verneinend nickt der Bulgare mit dem Kopf. Bejahend schüttelt er den Kopf.

Also schüttelt Vorhofen den alten Schädel mit aller Energie.

»Imah, German.«

»Nix deitsch«, grinst der Bulgare.

Vorhofen gibt ihm einige Zigaretten. Der Bulgare schüttelt den Kopf, klopft ihm auf die Schultern und tut sehr beglückt.

Jetzt erst sieht er die Allianz als richtig geschlossen an.

## XII.

Maitag im November. Eine Schildkröte kriecht am Bahndamm. Schmetterlinge flattern. Durch die Bäume schimmern die weißen Häuser von Negotin.

Die Stadt ist verwüstet. In den Kellern zerschlagene Wein- und Schnapsfässer. Zertrümmerter Hausrat. Ein barbarisches Bild. Die Deutschen und Österreicher sind schon auf Zajecar im Marsch. Man sieht viel bulgarische Soldaten. Sie sind freundlich. Schenken Tabak und Schnaps.

Die Straße nach Zajecar windet sich in Serpentinen durch die Berge. Lange bulgarische Trainkolonnen marschieren auf ihr. Die schweren Wagen sind mit Ochsen bespannt. Zur Bewachung marschieren bulgarische Komitatschis in weißen, schwarz bestickten Wollanzügen, mit riesigen Schafspelzmützen auf dem Kopf nebenher. Ihre langen, vierkantigen Bajonette blitzen grimmig. Scharf stechen die rotbraunen Gesichter von dem weißen Anzug ab: malerisches Gesindel.

Der Weg scheint eine die Felder durchschneidende Wagenspur zu sein. Nur die Telegraphenlinie, die ihn begleitet, dokumentiert ihn als die auf der Karte eingezeichnete Chaussee nach Zajecar.

Wilde Hunde lungern um das gefallene Vieh und streiten mit Elstern und Hähern um den Fraß.

Das Land trägt noch die Spuren junger Gefechte. Schützengräben, Artilleriestellungen, fortgeworfene Uniformstücke. Zuweilen begegnet man Verwundeten.

Ein erschlagener serbischer Offizier liegt auf dem Maisfeld nahe der Straße. Elstern haben sein Gesicht zerfetzt, die Augen herausgefressen. Die Kolonne zieht vorüber. Oben auf dem Berg, den die Straße nun erklimmt, stehen drei Kreuze von beherrschender Größe. Dort hält ein Wagen mit einem müden Ochsengespann. Allerlei armseliger Hausrat ist darauf geladen, und einige kleine Hühner gackern ängstlich.

Neben dem Wagen steht eine Frau. Sie hat ein Kind an der Brust. Ein zweites hält sie an der Hand.

Stumpf ist ihr Gesicht. Nun hat sie das Kind gesäugt. Sie legt es auf den Wagen, schreitet, da die Kolonne langsam vorbeimarschiert, auf einen langen Soldaten zu. Der trägt ein Brot unter dem Arm. Sie spricht nichts. Nimmt das Brot aus dem Arm des Mannes und gibt es ihrem Kind.

Sinnend, wie erkennend, blickt der Bulgare auf die Frau und auf das Kind und geht langsam still weiter mit seiner Kolonne.

Von diesem Berg, auf dem die drei Kreuze stehen, sieht man die Türme von Zajecar.

Vorhofen ist im Hause eines serbischen Offiziers einquartiert. Noch atmen alle Winkel der Zimmer einen Hauch von Frieden und Eleganz. Einige schöne Schränke und Tische stehen. Serbische Generalstabskarten liegen umher. Deutsche Kinderbücher. Zerrissene deutsche mathematische Schriften. Spinoza neben einer zerbrochenen Vase im Schmutz.

In der Nacht, ein Traum führt Vorhofen hinaus zu den Toten auf dem Feld. »Ich bin in deinem Haus, Schläfer. Komm mit. Sei unter deinen Feinden.« Er will die Arme heben. Aber die Erde lässt ihn nicht aus ihren Klauen.

# XIII.

An der schwarzen Wand der Nacht bewegt sich ein Stern hin und her. Er wird zur Sonne. Verschwindet im Tal. Nun klopft ein Motor. Plötzlich ist die Straße weiß im grellen Schein.

»Vorhofen, die Quartiere.«

Er gibt die Häuser an. Hier soll der Oberst, hier der Hauptmann wohnen.

Dann ist er entlassen. Er geht die Straße hinunter. Hinter der Stadt steht mühelos pathetisch ein spitzer schwarzer Berg. Die Straße läuft in ihn hinein. Der Fluss rauscht. Preußische Jäger marschieren:

>»Und legt mich in – das kühlä Grahahab,
>Woran ich meiheine, woran du deiheine –
>Woran er sei–ne – Frei–de hat – «

Ein Gewehrschuss hallt hell in die Nacht. Feuer wachen am Berg auf. Vorposten.

Vorhofen muss stehenbleiben. Auf der Brücke hält die Kolonne.

Der Gesang bricht plötzlich ab.

»Setzt die Gewehre zusammen.«

Vorhofen tritt zu ihnen.

»Weißt du nicht, wann wir Ruhe bekommen?« fragen sie. – »Weißt du nicht, wann es vorbei ist?« – »He, Kam'rad, wann kommen wir denn ins Gefecht? Jetzt laufen wir schon drei Wochen lang hinter den Hunden her!«

Vorhofen kann ihre Fragen nicht beantworten. Das macht ihn traurig.

Die Brücke wird frei. Kommandos fliegen. Weiter.

Vorhofen kommt in sein Quartier. Zu zwei alten Leuten. Sie sitzen in der Küche am Kamin. Buchenscheite knacken.

Sie können am Feuer sitzen, zitternde Hände in der purpurnen Wärme baden. Und draußen rasen die Schlachten.

Es berührt die Alten nicht. Ihr Leben ist gepflückt, wie eine Ernte. Darum ist Frieden hinter ihrer Tür. Und eine Nacht ist Vorhofen zu Hause.

# XIV.

Die glatten weißen Häuser sind an den Berg geklebt, auf dessen Gipfel die spitze Ruine eines Kastells steht.

Die Serben haben die Eisenbahnbrücke gesprengt. Die Eisenbahnstrecke ist mit langen Reihen von Güterzügen gesperrt. Kaffee, Reis, kondensierte Milch, Petroleum in italienischen und französischen Wagen. Lokomotiven sind noch unter Dampf.

Aufeinandergefahrene Züge. Zwischen zwei Wagen ein zerquetschter Mensch.

Die Schule des Ortes ist leer. Vorhofen geht in das Dorf. In einem Haus trifft er Frauen. Flüchtlinge aus Belgrad. Die Großstadt ist noch in ihren Blicken. Sie sprechen französisch und können einem Bauern erklären, dass er den Deutschen führen und ihm Quartiere für den Brigadekommandeur und seine Offiziere zeigen soll.

Vorhofen denkt: Ob ich Tabak bekomme? Er sagt zu dem Bauer: »Kupitch dohan!« Der Bauer eilt fort und kommt mit hundert Zigaretten zurück. Vorhofen schenkt ihm einen Dinar. Beglückt betrachtet der Bauer das Geldstück. Er küsst dem Geber die Hände. Dann zeigt er ihm sein Haus und lädt ihn ein, bei sich zu wohnen.

Abend. Das Gastzimmer des Bauernhauses ist sehr sauber. Auf einer Holzpritsche sind Teppiche ausgebreitet. Da soll Vorhofen schlafen. Es klopft. Der Bauer in festlichem Kleid, bunte Schärpe um die Hüften, bringt ihm ein gebratenes Huhn und einen Krug Wein. Ehrerbietig wartet er in der Ecke, bis Vorhofen gegessen hat. Dann bringt er kandierte Feigen.

Er fühlt sich verpflichtet, den Fremden zu unterhalten, und erzählt Geschichten, von denen Vorhofen kein Wort versteht.

Vorhofen will zu Bett gehen. Er winkt dem Bauern, er möge gehen.

Noch einmal klopft es. Die Tür wird geöffnet. Der Bauer tritt ein, seine Frau an der Hand. Zieht sie ins Zimmer und geht demütig wieder hinaus. Mitten im Zimmer steht die Frau. Ganz einfach. Schwarze lange Zöpfe mit roten Bändern geflochten. Das weiße Kleid hat schöne Stickereien. Gegen das Licht sieht Vorhofen die sanften Konturen ihres schlanken Körpers. Die Spitzen der Brüste schimmern durch das Hemd. Vorhofen lächelt. Er sieht sie an. Stumpf, wie ein Tier, blickt sie vor sich auf die Erde.

Da nimmt Vorhofen ihre Hand und führt sie hinaus.

Überrascht und verwundert schüttelt der Bauer am nächsten Morgen den Kopf vor ihm.

# XV.

Die Batterie marschiert an der Eisenbahn entlang, weiter ins Land hinein. Die Straße führt über Berge. In jedem Tal zwischen zwei Bergrücken liegt ein Dorf. In jedem Dorf gibt es etwas zu sehen. Die Eindrücke jagen sich. Erfüllt steigt man bergan. Ein neues Bild auf dem Gipfel. Beim Abstieg hat man das alte vergessen.

Um Mittag wird am Weg gehalten und Rast gemacht.

Kinder und Bauernweiber drängen sich bettelnd um die Leute. Für manchen fällt etwas ab.

Kraniche fliegen philiströs in die Sonne. Um die fernen Berge legen sich Wolkenmützen. Gegen Abend kommt die Batterie nach Stopania.

Vorhofen quartiert sich mit seinen Leuten bei einem deutschen Bauern ein. Der ist reich, hat Vieh, große Pflaumengärten und eine Schnapsbrennerei.

Es sind die ersten Deutschen, die er zu sehen bekommt. Er traktiert sie mit Wein. Schüttelt jedem einzelnen die Hände. Sitzt mit ihnen um das Feuer.

Ein Soldat kommt: »Wir wollen das Stück Zaun zum Verbrennen haben.«

Der Zaun ist überflüssig und wertlos. Jeden Tag kann er erneuert werden. Aber es fällt dem Mann schwer, sich davon zu trennen. Er hat ihn aufgerichtet. Ein Wert der Arbeit steckt für ihn darin.

Hat den Begriff der Krieg vernichtet? Der Bauer gibt den Zaun. Aber er kommt nicht darüber hinweg, dass die Soldaten diese rohen, grauen, von ihm zurechtgeschlagenen Pflöcke verbrennen wollen.

Am nächsten Tag geht es weiter. Die Berge sind über Nacht herangerückt. Als um Mittag halt gemacht wird, ist das Tal eng. Der Fluss rauscht zwischen Felsblöcken. In der Eisenbahnstation des Badeortes Vrh Bania wird Quartier gemacht. Am nächsten Morgen soll die Batterie geteilt werden. Die Geschütze auf Tragtiere verpackt, Tragtiere mit Munition und Proviant, und die Bedienungsmannschaften sollen in das Bergland marschieren. Die Bagage bleibt zurück. Die Tragtiere werden neu beschlagen. Bergstiefel und Windjacken sind für die Mannschaften verteilt. Proviant für zehn Tage wird mitgenommen: Reis, Bohnen, Haferflocken, Dörrgemüse, Büchsenfleisch.

An einem Morgen brechen sie auf. Man grüßt noch einmal die Kameraden, die bei der Bagage bleiben.

In der Ferne schimmert Kraljewo. Die ersten Steigungen sind leicht überwunden. Abends kommen sie, nachdem ein tiefer Bach durchwatet wurde, zitternd vor Kälte und Nässe in ein Zigeunerdorf. Ein hohes Feuer loht auf. Bald kocht das Wasser zum Kaffee. Der Eichinger meint, die Fisolen seien schon gar.

»Dem Eichinger kann man nicht trauen. Der frisst Isarkiesel und Walnussschalen als Mehlspeis.«

Der lustige Lärm erschreckt den Himmel. Die Sterne flackern. Einer fängt an zu singen. Nun schallt das Lied. Die nachtschwarzen Berge tönen.

Das Feuer wird kleiner. Funken knallen im beißenden Rauch. Einer nach dem andern geht in die Hütte.

»Und am Hi–mäl stehn zwei Ste–erne,
Die leuchten hä–ller als der Mond.
Eines leuchtet in – mein Schlafkammer,
Eines leuchtet meinem Schatz nach Haus.«

Zwei saßen miteinander und sangen es. Sie stehen seufzend auf. Reichen sich die derben Hände und trennen sich.

Das einsame Feuer spritzt rote Funken in den schwarzen Himmel.

# XVI.

Der Morgen greift mit grauen Händen nach den Berggipfeln. Die Batterie bricht auf. Wald. Der Weg wird steil. In der Tiefe rauscht ein Bach.

Nun schleifen die Schuhe über Felsen. Wind kommt; die Nebel jagen in die Tiefe. Sonne jubelt. Ein Adler kreist.

Die Leute steigen mit krummem Rücken. Höher. Höher. Pferde dampfen. Eine österreichische Gebirgsbatterie bleibt hinter ihnen. Ein Pferd ist gestürzt. Mit bepacktem Sattel liegt es achtzig Meter unten im Bach.

Die Kammhöhe ist erreicht. Einige Minuten Rast. Weiter geht es. Eine neue Höhe hinauf. Schwer atmend marschieren die Mannschaften. Der Boden ist gefroren. Nur ein wenig Schnee. Die Pferde lecken gierig.

Der Wald bleibt zurück. Schroffer Stein. Sie blicken hinunter. In sanften Wellen atmet das serbische Land. Friedlich. Städte schimmern in der fernen Bläue.

Dort, weit, weit muss die Donau fließen – und noch viel weiter hinter den Horizont hinab biegen sich die Länder der Heimat. – Die Kälte sticht in die Hände. Die Luft ist dünn. Das Herz arbeitet heftig.

Vor Dunkelheit muss Borowo erreicht sein.

Wie müde man wird. Das Blut hämmert in den Schläfen.

»Noch diese Höhe, dann kommen wir nach Borowo«, sagt Vorhofen ermunternd. Die Leute glauben es ihm nicht. Wilder Wald. Riesige Eichen sind morsch zwischen die Felsen gestürzt. Die Pferde fallen. Es geht sehr langsam vorwärts.

Wenn die Daheimgebliebenen das sehen könnten! –

Dicker, wie würdest du schwitzen, wenn du deinen Fußballbauch über die Granitblöcke schwingen müsstest.

Zweitausendachthundert Meter Höhe: Nun will es dunkel werden. Stöhnen. Einer vom Jägerbataillon, das an der Spitze marschiert, hat Krämpfe. Er liegt im Schnee. Der Sanitäter hockt neben ihm.

Im Waldwinkel flackert ein Feuer. Ist das der Stab? Telefonstation. Neuer Befehl.

»Die Batterie marschiert über Borowo nach Kanitza.«

Auf der Karte: zwölf Kilometer Luftlinie.

Nun geht es bergab. Die Schneegrenze ist erreicht. Laue Luft atmet das Tal. Tausende Lampen glühen. Lagerfeuer, tief unten. Eine große festliche Stadt.

Hinab, hinab! Durch Brombeergestrüpp und Paprikagärten, über Wiesen und Maisfelder. –

Jägerbiwak.

»Was ist das hier?« – »Borowo.« – »Wie weit ist's noch bis Kanitza?« – »Eine halbe Stunde.«

Im Tal geht es weiter. Es fängt an zu regnen. Die Lagerfeuer bleiben zurück. Der Lärm wird zum linden Sausen. Sie tasten in die schwarze Nacht hinein. Wind zerrt an den müden Soldaten.

Nur erst schlafen. Nur erst schlafen.

Nun blitzt ein Licht.

»Hallo Brigadestab!«

»Hier!« Gott sei Dank!


Ein Haus ist da. Alle sitzen am Kamin. Der Sturm heult. Die Buchenscheite krachen. Missmutig, durchnässt kommen die Leute herein.

»Wartet nur – in zehn Minuten gibt es zu essen.«

»Quatsch, essen!«

Sie kauen ein Stück Brot und schlafen auf der Erde ein. Liegen auf der Erde, den flackernden Schein im Gesicht. In den gelösten Mienen spielt ein friedlicher Traum von der Heimat.

# XVII.

Weiße Nacht umhüllt alles. Nun sind Berge, Dorf und Zäune wie geschnitzt in der Watte einer Spielschachtel. Die Brigade kann nicht weiter. Die Pferde in schlechten Ställen zittern vor Kälte. Die Mannschaften sitzen in den Hütten um das Feuer. Aneinandergelehnt. Träumen. Sprechen. Müde Worte in das Rauschen des weit fallenden Schnees.

»Erzählen.«

»Wer fängt an?« ruft Vorhofen. »Los, Karl!«

Der Angerufene bleibt liegen. Spricht langsam in die Luft.

»Wir sollten Belgrad nehmen. Es regnete. Der Wind tobte. Die Donau hatte Wellen mit weißen Köpfen. Am Nachmittag fing die Artillerie an zu schießen. Hämmerte gegen die Mauern Belgrads. Die Zigeunerinsel stand im braunen Dunst der krepierenden Geschosse. Das andere Ufer war nicht zu sehen.

›Artillerie,‹ sagte immer unser Alter, ›das ist die Sonne, die die Frucht reif macht. Infanterie, das ist die Hand, die sie pflückt.‹

Ganz dunkel war es schon. Da fuhren wir nach der Zigeunerinsel hinüber. Bis zur Brust im Wasser. Morast. Strümpfe und Stiefel verloren. Und in jedem Strauch, wie Irrlichter, das Aufflammen der feuernden Serbenflinten. Mit Handgranaten und Bajonetts mussten wir ran.

Einem fuhr das Bajonett in den Hals. ›Mutter!‹ schrie er. Da kriegte ich Herzklopfen.

Wutschaum vorm Maul stürzten sie wie Viecher. Dazwischen sang es:

›Ich haue dir eens am Gopfe, tummes Luder.‹

Wir hatten sie bald im Wasser. Und wir waren hunde-müde. Niemand hat gesagt: Nun ist's zu Ende. Nur die Toten. Nächste Nacht ging's noch mal los. Als der Morgen graute, waren wir in Belgrad. Den Tag über haben wir um Keller und Haustrümmer gekämpft. Hinter jedem Stein-haufen lagen ein paar von den Gaunern. –

Aber dann hatten wir gewonnen und durften schla-fen.«

Es wird klar. Die Sonne scheint schwächlich. Morgen soll es weiter gehen. Der Weg ist schon ausgetreten. Zwei Bataillone Jäger besorgten das.

Die Infanterie marschiert zwischen weißen Wänden einen endlosen schmalen Weg bergan. Die Höhe hat der Wind reingefegt. Der scharfe Fels erscheint. Auf der Son-nenseite taut es. Skiläuferpatrouillen fegen den Abhang entlang. Ein Wald tut sich auf. Bergab. Um Mittag im Tal wird ein Gebirgsbach durchschritten. In den steinigen Bo-den ist ein Grab gehauen:

»Wehrmann ** starb hier den Tod für sein Vaterland.«

Wieder bergan. In der Passenge am einsamen Hang steht ein Kreuz. Im Schnee sind noch Blutspuren.

»Die Adler werden die einzigen Wächter dieser Toten sein. Die Berghasen werden sich im Windschutz der kleinen Hügel ihre Nester bauen. Nie aber wird sich ein Mensch in diese Einöde verlieren. Nur der Wind wird an den schmalen Balken der Kreuze zerren. Die Zeit wird die Wahrzeichen stürzen, unter denen die gemordeten Menschen liegen, weit von der Stätte ihrer Arbeit – in sinnlosem Kampfe umge-kommen, zertreten, wie eine plumpe Bestie eine kunstvolle Maschine zertritt. Dulce et decorum est!!«

»Warum lachst du?« fragt einer, der neben Vorhofen geht. »Das Kotzen könnte einem kommen.«

Vorhofen nickt.

Plötzlich öffnen sich die Berge, und von der Höhe blic-ken sie in das grüne Ibartal.

Geschütze brüllen. Schrapnellwolken ziehen an einem Bergkamm. Um Raschka wird noch gekämpft. Man freut sich, das Winseln der Kugeln zu hören. Das Krachen hat alle erweckt.

»Dort vorne gehen wir in Stellung«, sagt Vorhofen zu seinen Leuten.

»Halt!«

»Warum halt – weiter, ihr Arschlöcher!« schreit der Feldwebel.

Gewehrfeuer. –

Nun ist alles ruhig. – Maschinengewehre. – Die Geschütze schieben sich über den Grat.

»1400!« schreit der Hauptmann.

»Schuss.«

Zwei Granaten gurgeln durch die Frostluft.

Ein Meldegänger kommt. Der Hauptmann liest den Zettel.

»Verfluchtes Pack! Reißt schon wieder aus.«

Vorhofen freut sich. Die Batterie marschiert weiter. Da liegt die weiße Stadt im Tal. Zerzaust. Ein Haufen Gefangener kommt ihnen entgegen. Am Abend schläft Vorhofen in einem schönen, steinernen Haus.

# XVIII.

Drei Reiter traben die Talstraße von Raschka nach Novipazar hinauf. Es ist ein heller Tag. Die Pferde schnaufen weiße Wolken in die Frostluft.

Hoch auf den Bergen leuchten die Ruinen der türkischen Wachthäuser und Kapellen in der Sonne.

Die schwarzen Felsen glitzern. Unten gleitet grün und klar der Ibar zurück.

Auf der Straße haben die Bäche, die aus den Felsen rinnen, große Eisbänke zusammengeschoben. Vorsichtig klettern die Pferde.

Ein türkischer Bauer steht vor seiner Hütte.

»He, wie weit ist es noch bis Novipazar?«

»Zwei Stunden, Herr!«

»Zwei Stunden noch bis zur Stadt.«

»Dann frühstücken wir zuerst! Absitzen!«

Die drei setzen sich an den Straßenrand, ziehen Brot und Speck aus den Brotbeuteln.

Schwarzes Brot, Speck und Pflaumenschnaps sind herrlich für einen Soldaten, wenn er es hat. –

(Die drei Reiter sind zwei ungarische Husaren und ein Deutscher: Vorhofen.)

Eine Weile spricht keiner. Dann schnauft Béla:

»Basama izteném – war gut!«

»Aufsitzen!«

Und wieder geht es durch die Sonne. Die Säbel klappern in den Scheiden.

Nun weitet sich das Tal. Fern über den Pappeln über den Maisfeldern blitzen weiße Türmchen.

Eine Hammelherde kommt die Straße entlang.

»Wo ist Novipazar?«

Der Hirt zeigt auf die Türmchen.

»Trab.«

Schon klappern die Hufe der Pferde auf dem holperigen Pflaster. Die Häuser haben vergitterte Fenster, und an den Türen sind rote Halbmonde gemalt. Schlank und lächelnd stehen weiße Minaretts im blauen Himmel.

Einige Kinder in weiten blauen Pluderhosen und roten Jäckchen schlittern in spitzen Holzschuhen auf dem gefrorenen Rinnstein. Ein Hund kläfft die Reiter an. Und aus den Läden hinter Teppichen, Nargilehs, Bronzeschalen und Feuerbecken zwischen bunten Tüchern und Stickereien winken die Kaufleute.

Allah – al allah!

Ein Stall ist gefunden. Futter für die Pferde ist da.

Vorhofen eilt in die Stadt. Tausend und eine Nacht ist kein Märchen mehr.

Der Deutsche tritt in eine Cavana. In dem dunkelgetäfelten Raum hocken die Gäste an der Wand. Strecken die langen, dunkeln Hände über das Kohlenbecken, trinken aus kleinen dünnen Schalen und sprechen durch den Rauch der Zigaretten eine gurgelnde, klangvolle Sprache.

Der Wirt bringt Kaffee. Vorhofen betrachtet und wird betrachtet. Die Wände sind mit türkischen Schriftzeichen bedeckt. Sprüche, zum Teil in türkischer, zum Teil in serbischer Sprache:

»Kameraden! Das Vaterland, die nimmersatte Vettel, frisst seine eigenen Kinder!« Das steht in serbischer Sprache groß an der Wand. Niemand hat es ausgelöscht. Ein Türke schrieb darunter:

»Am Baum des Schweigens hängt die Frucht des Friedens.«

Vorhofen wandert durch die Gassen. Dort, wo die Moschee eine gewaltig-ruhige Kuppel hebt, bleibt er stehen.

In den abendgrünen Himmel steigen die Stimmen der Stadt, Gebet, Lachen, das Schreien der Kaufleute und das gelassene Sprechen der verschleierten Frauen, wie das Klingen der Glocken.

Fern aber, wie weites Gewitter, brüllen die Kanonen.

# XIX.

Vorhofen steht im Tor seines Quartiers. Die Brigade ist vorbeigezogen. Sie hat ihm fünf Tragtiere mit ihren bosnischen Führern Risca, Iwan und Jonasz zurückgelassen. Nur Jonasz ist mit einem Steyrstutzen und fünfundsiebzig Patronen ausgerüstet. Zur Unterstützung Vorhofens ist der Pionier Maniak zurückgeblieben. Er trägt sein Gewehr und hundertundfünfzig Patronen.

Die Kolonne soll Lebensmittel fassen.

Die Brigade marschiert bis Novi-Hn die Straße nach Mitrovitza hinauf. Bei der Höhenquote 2004 biegt sie rechts in das Gebirge ab. Die Kolonne wird Wegweiser finden, denen sie folgen kann.

Zwei Tage wartet die Kolonne in Novipazar. Dann kommt das Proviantamt des Korps. Sie wird beladen und marschiert ab. –

»Weg Below« steht zweihundert Schritt hinter dem Wachthaus Novi-Hn. Die Kolonne marschiert in ein Tal hinein. Ein spitzer, schroffer Kegel droht gewaltig am Tor des Tales. Das ist der Crni-Vrh.

Die Gipfel dahinter, die auf den Wolken schwimmen, sind die schwarzen Berge Montenegros.

Es fängt an zu schneien. Der Wind jagt der Kolonne die Flocken entgegen. Es ist, als wenn man mit Dornen um die Ohren geschlagen wird.

Im Windschatten eines Hügels wird haltgemacht.

Vorhofen sieht nach der Uhr. »Drei. In anderthalb Stunden ist es Nacht.«

»Wie heißt das Nest, wo der Leutnant einen Meldereiter zurücklassen wollte?« fragt Maniak.

»Junace.«

»Wie weit ist das noch?«

»Weiß ich nicht.«

»Ist es denn nicht auf der Karte drauf?«

»Nein. Das Gelände hinter Novipazar ist auf meiner Karte als unbestimmt freigelassen.«

»Beschissen.«

»Nicht zu ändern.«

»Na, dann wollen wir mal weiter.« Wieder geht es gegen den Schneesturm vorwärts. An manchen Stellen liegen hohe Schneewehen über dem Saumpfad.

»Jae bim ti boga!«

Iwan flucht. Sein Gaul ist gestürzt.

»Ob das der richtige Weg ist?« fragt Maniak.

»Hoffentlich.«

Weiter.

Vorhofen leuchtet mit der Taschenlampe auf die Uhr. Sechs. –»An der nächsten windstillen Ecke machen wir Rast.«

Es geht auf schmalem Passweg über einen Kamm. Plötzlich dumpfes Poltern im Heulen des Sturmes. Schreien. Ein Pferd ist in den Abgrund gestürzt.

Maniak bleibt mit Iwan oben bei den Tieren.

Jonasz, Risca und Vorhofen klettern hinunter. Hundertfünfzig Fuß tief. Zwischen Fels und Baum eingeklemmt liegt der Gaul. Tot. Die gut verpackten Körbe sind beim Sturz nur abgerissen und liegen seitwärts am Hang.

»Schwein gehabt«, sagt Maniak, als sie mit dem Gepäck nach oben kommen. Das Reitpferd Vorhofens wird in ein Tragtier verwandelt.

Bergab geht es. Sie kommen auf eine Passhöhe. Windstille. Der Schnee rieselt sanft.

Halt.

Vorhofen packt drei Brote aus. Zwei bekommen die Bosniaken. Eins bleibt für die beiden Deutschen. Außerdem sind noch drei Feldflaschen mit gesüßtem Rum da und gekochtes Rindfleisch, für jeden ein Stück.

Während sie essen, hören sie in den Bergen Hornrufe. Risca fasst Vorhofen am Arm.

»Signal«, sagt er leise und deutet auf einen flackernden Feuerschein an den Bergen rechts. Maniak kann das Feuer nicht sehen. Das Schneegestöber erstickt alles.

Wieder Hornrufe. Jetzt näher.

»Was bedeutet das?«

»Was für ein Signal ist das?«

»Bin ich ein Prophet?«, fragt Maniak und steckt ein Stück Fleisch in den Mund.

Vorhofen geht zu Iwan. Er passt auf. Beim nächsten Signal deutet Vorhofen gegen die Berge und legt die Hand ans Ohr.

»Serben!« Iwan zeigt die Zähne.

»Orientierung unmöglich. Heute Nacht im Schneegestöber werden sie wohl nicht kommen. Wenn wir ihnen nicht in die Arme laufen und gefangen werden, ist noch Möglichkeit vorhanden, sich durch Umkehr zu retten.«

»Aber die Offiziere müssen doch Verpflegung haben!« sagt Maniak.

»Wir nehmen im nächsten Dorf einen Führer, der uns über Junace nach Mitrovitza bringt. – Ich habe sechs Ladestreifen mit je zwölf Schuss für meinen Revolver. Maniak hat –?«

»Hundertfünfzig Schuss, und wenn die alle sind, haue ich mit dem Kolben auf die Schweine, verdammte!«

Jonasz hat fünfundsiebzig Schuss. Vielleicht kann man durch einen kecken Angriff noch ein paar Flinten und Munition erobern. Der Risca und Iwan sind dann auch bewaffnet. Bis dahin haben sie ihre Messer.

Aber so schlimm wird es hoffentlich nicht kommen. –

Sollten wir angegriffen werden, bleiben Iwan und Risca bei den Tragtieren hinter dem Grat, und wir mit dem Jonasz in der Mitte legen uns in großen Abständen gedeckt auf die Höhe. Wenn es brenzlig wird, reißen die mit den

Pferden nach links aus. Da müssen sie auf jeden Fall die Straße Novipazar – Mitrovitza oder die Ipek – Mitrovitza erreichen. Maniak nimmt die Vorhut, Jonasz und ich bilden die Nachhut.

Diese Entschließungen verdolmetscht Maniak in holperigem Polnisch den Bosniaken. Sie haben verstanden und wackeln mit den Köpfen. Risca kratzt plötzlich im Schnee. Er kommt angelaufen und zeigt Wagenspuren, die nach links ins Tal hinabführen.

Die Kolonne setzt sich in Marsch.

Plötzlich stolpert ein Pferd. Vorhofen leuchtet mit gedämpfter Laterne auf die Erde. Er sieht einen toten Menschen. Es ist der Meldereiter der Brigade. Schuss durch den Kopf.

Halt!

Stille. Der Wind heult in den Bäumen. Zerrissene Wolken jagen am Himmel.

Herzen klopfen.

Maniak kniet nieder und untersucht die Taschen des Toten. Er findet Revolver, Geld, Notizbuch, Soldbuch, Munition.

»Wenn er aus der Nähe erschossen worden wäre, wäre er auch beraubt worden.«

»Wo mag nur sein Pferd sein?« –

Sie hören Schnauben. Vorhofen und Iwan gehen mit gespannter Waffe dem Klange nach. Sie finden drei Zigeunerhütten. Im Windschatten der einen steht das herrenlose Pferd. Der Zügel ist ihm über den Kopf gefallen.

»Wenn der Reiter aus der Nähe erschossen worden wäre, hätten sie zum mindesten das Pferd geklaut«, kalkuliert Vorhofen. »Er muss von weit her, von rechts, wo die Feuer brannten und die Signale gegeben wurden, getroffen worden sein. – – –

»Maniak!«

»Hier.«

Maniak kommt. Er teilt die Meinung Vorhofens. Sie treten an die Hütten. Maniak stößt die Tür auf, Vorhofen leuchtet hinein. Alles leer. Hier wird Nachtquartier gemacht. Die Pferde werden in zwei Hütten gestellt. In der dritten werden die Leute untergebracht. Heu ist genug da. Immer zwei Mann müssen Wache stehen. Wenn sich etwas Verdächtiges zeigt, soll in die Hütte geschossen werden, damit die Schläfer schnell aufwachen.

Das ist das Letzte. Schnell umfängt sie der Schlaf.

# XX.

Der Tag, der seine Augen öffnet, zeigt ihnen im Tal ein Dorf. Sie bepacken die Pferde und ziehen hinunter.

Das Dorf ist von Türken bewohnt.

Risca fragt: »Wo sind wir?«

»Junace.«

Also haben sie ein Ziel erreicht. Sie beziehen in der Cavana Quartier. Die Einwohner bringen Honig und Käse, Hühner und Feigen als Gastgeschenke. Sie stehen bei den Fremden und betrachten und staunen.

Den Tag über lassen sie es sich gut sein bei Essen und Trinken. Iwan muss fragen, ob deutsche Truppen im Orte waren oder in der Nähe sind.

Sie sind über die Höhe vorübergezogen, ohne Rast zu machen.

»Nach Ipek zu,« meint einer, »denn daher kam gestern Kanonendonner.«

Was das für Signale waren, die heute Nacht geblasen wurden.

»Montenegrinische Räuber. In der Nacht von vorgestern zu gestern haben sie Patine und Ruschde geplündert.«

Niemand von der Kolonne Vorhofens kennt die Namen dieser Orte.

Wann die Deutschen vorbeigekommen sind.

»Vorgestern den ganzen Tag über sind sie vorbeigezogen.« –

Die Nacht kommt. Wieder werden Wachen aufgestellt, um einem Überfall begegnen zu können.

Am Morgen bricht die Kolonne mit einem Führer nach Mitrovitza auf. Auf der Passhöhe weht ein scharfer Wind. Als sie die Köpfe über den Weg strecken, kracht es vom

Crni Vrh her, und Gewehrkugeln sausen über die Kolonne weg.

»Nieder! – Die Pferde zurück.« –

Die Kolonne ist schnell formiert. Aber wo ist der Führer geblieben? Sollte man aus dem Tal heraus einen zweiten Gegner zu erwarten haben?

In den jenseitigen Felsen ist nichts zu erkennen. Trotzdem schießen sie langsam in der Richtung, aus der das Feuer kommt.

Unten am Dorfrand sammeln sich bewaffnete Männer.

»Maniak, wollen die mit oder gegen uns?«

Maniak zuckt die Achseln: »Wenn die gegen uns wollten, hätten sie schon geschossen.«

Der Trupp schiebt sich den Hang hinauf.

»Haidi, haidi!« brüllt der Führer und winkt mit Flinte und Handgranate.

»Haidi!« mahnen Iwan, Risca und Jonasz. Und dann wird Vorhofen plausibel gemacht, dass er ihnen die Erlaubnis geben soll, gegen die Montenegriner zu ziehen.

Die Erlaubnis bekommen sie ohne weiteres.

Froh und wild ziehen sie hinter dem Kamm entlang.

Die Kolonne liegt still. Von Zeit zu Zeit schießt Maniak. Die Zeit rinnt.

Nun knattert heftiges Flintenfeuer. Schreien. Tolles Schießen. Dann ist alles still.

Und eine Stunde geht hin, da kommen die Helfer wieder. Beladen mit Munition und Gewehren, bepackt mit Handgranaten und Kleidungsstücken.

Der Weg ist frei. Der Führer gesellt sich wieder zur Kolonne. Sie marschieren auf Mitrovitza. Geheime Wege durch die Berge. Der Abend befiehlt, in einer Hütte auf der Höhe vor Mitrovitza zu übernachten. Ein Hammel wird geschlachtet. Die Bosniaken bekommen ein Stück Fleisch. Der Arnaute will die Lunge haben. Ein Feuer wird angezündet. In die Glut hinein legt der Türke Stücke der

Lunge. Risca hat einen langen Bratspieß geschnitzt und die Fleischstücke daran gespießt. Jetzt hockt er sich an das Feuer und röstet das Fleisch. Dazu gebrannte Maiskolben. Das ist das Nachtmahl.

Das Tal liegt im Dunkel. An den Spitzen der Berge hält sich der Tag mit wunden Fingern.

Nun flammen unten Lichter auf. An jedem Berghang. Im Tal. Seltsame Figuren bilden sie. Und dort, wo die Stadt liegen muss, ist der Himmel rot und erzählt von frohem Treiben und Lärm.

»Morgen werden wir dort sein«, sagt Vorhofen.

# XXI.

In Mitrovitza erreicht die Kolonne wieder die Brigade.

Auf den Steintrümmern der gesprengten Brücke ruht ein schmaler Holzsteg. Dahinüber kommt man in die Stadt. Sie wird von einer alten Burg bewacht. Ist es die Burg der serbischen Könige?

In der Höhle am Fuß der Burg, aus der eine heiße Quelle rinnt, haust der Schlangenkönig. Er hat die Krone Großserbiens auf dem Haupt. Tausend Schlangen bewachen den Schatz und seinen majestätischen Träger.

Der Held aber, der in die Höhle eindringt und die Krone an sich reißt, ist König über Großserbien, und die tausend Schlangen sind ihm Untertan und schützen ihn und die Krone vor heimtückischer Kugel, Dolch und Gift.

Die Stadt Mitrovitza ist voll von serbischen Gefangenen. Aus Furcht vor den Bulgaren haben sie sich nach der Schlacht auf dem Amselfeld den vereinigten österreichischen und deutschen Divisionen ergeben.

Hungrig lungern die abgerissenen Soldaten in den Gassen umher, drängen sich auf den Plätzen in der Frostnacht. Kranke Gluten in den Augen. Abgezehrt. Graue Gesichter mit stillen, duldenden Mienen. Sie erinnern an Pferde, die müde und abgetrieben stehengeblieben sind.

Auf der Straße nach Raska begleitet ein Zug von hunderttausend Gefangenen die Kolonne.

Sie leiden Unermessliches.

Einer liegt am Straßenrand, brüllend vor Schmerz sich den Leib haltend. Drei andere haben einen gefallenen Gaul entdeckt. Rasend, wie Schatzgräber, die das Gold blinken sehen, stürzen sie sich auf den stinkenden Kadaver, ledern ihn ab, schneiden verzückt wässerige Fetzen Fleisch aus dem Rücken des Aases und schlingen gierig die rohen, bläulichen Streifen.

Dort, wo das fressende Tier eines Kavalleristen einige Maiskörner aus dem Fressbeutel verloren hat, hockt ein Schwarm von Menschen und sammelt die Körner in die hohle Hand: Nahrung. Sie verzehren die bitteren Schlehen. Mit roten Früchten protzt ein Hagebuttenstrauch. Jetzt ist er leer.

Dort, wo der Fels hoch an die Straße tritt, liegen drei aus dem Zug. Tot. Der Hunger hat ihnen das Genick abgedreht.

Und das alles für Papier, für Handelsverträge.

Hunderttausend fiebrige, hungrige Augen fragen.

*Warum die Schmach?*

*Warum die Leiden?*

*Warum der Krieg?*

Hundert Schurken haben den Krieg gemacht.

Hunderttausende müssen folgen, müssen leiden.

In den Bergen haben sie gelebt. In großen Entbehrungen. Zusammen mit ihren Schafen. Ihre Politik war die Quelle, aus der sie für sich und ihre Tiere das Wasser schöpften. Krieg: Sie rangen mit dem Fels um ein Stückchen Maisacker. Und dann auf einmal wurden sie fortgetragen, wie Herbstblätter von einem Sturm.

Die ihnen jetzt den Krieg brachten, das waren dieselben Männer von der Greuelkommission, damals, als sie glorreich gegen die Bulgaren und Türken kämpften.

Nun treibt man sie, wie Hammel, durch ihr erobertes Land.

Immer wieder bricht einer sterbend zusammen und verreckt im Graben, während tausend Füße stumpfsinnig vorübertrotten.

*Möget ihr einst zur Fackel werden, wenn es gilt, die Paläste derer anzuzünden, die die Welt in Brand steckten!*

# XXII.

Vor Verdun. Die Nacht brüllt. Der Horizont in schwerem Dunkelrot, grell gesprenkelt mit Raketen und platzenden Schrapnells, flammt auf.

An einem Hang, den Augen des Feindes verborgen, hat sich die Batterie eingegraben.

Beunruhigungsfeuer, Strafffeuer, Sperrfeuer: Es wird immer geschossen. Keine Minute Ruhe. Granate auf Granate fressen die stählernen Mäuler der Geschütze. Das Krachen der berstenden Projektile, das Knallen der abfeuernden Geschütze hört nicht auf.

Staub, Pulverdampf, Gasgestank, Blutgeruch, die Dünste der Leichen. – Über den fernen Hügeln liegen die zarten Schleier des Frühlings.

Vorhofen geht mit dem Leutnant Seydel zum Beobachtungsstand. Jung und zart ist der Leutnant. Schwarzes, weiches Knabenhaar in die weiße, mädchenhafte Stirn. Junge, unbeherrschte Augen.

Sie wandern durch den tiefen Graben. Über ihnen brüllen die Granaten, die mit wildem Krachen die zitternde, schwerverwundete Erde zerpflügen.

Die beiden kommen an einen tiefen Schacht. Sie steigen in die Erde hinunter. Vorhofen stößt eine Tür auf, die den Stollen verschließt. Zehn Meter unter der Erde. Die Karte wird an der Wand befestigt. Das Scherenfernrohr in dem Betonkamin aufgestellt, das Telefon wird angeschlossen.

Vorhofen drückt auf den Summer. Lang, kurz, lang.

Eine Stimme im Telefon: »Hier Batterie.«

Vorhofen antwortet: »Hier Beobachtung, Verbindung hergestellt! Schluss.«

Der Leutnant kommt aus dem Betonkamin. »Man kann ja doch nichts sehen. Wie denken Sie sich die Wache, Vorhofen? Jeder zwei Stunden, wollen Sie?«

Vorhofen nickt.

Der Leutnant legt sich auf seinen Schlafsack. Es wird ganz still. Der kleine Ofen, in dem ein Holzfeuer angezündet ist, knistert leise.

# XXIII.

Es regnet. Es regnet in den Stollenschacht hinein. Es rieselt die Treppe hinunter, gluckst auf dem Boden des Stollens, tropft von der Decke, rinnt die Wände hinunter.

Die beiden Beobachter, Vorhofen und sein Leutnant, sind sehr müde. Keiner denkt ans Ausschöpfen. Sie strecken die Beine höher gegen die Wand. Kälte steigt aus den roten, durchweichten Stiefeln, die über nasse Strümpfe gezogen sind, in die Kniegelenke. Die Bauchmuskeln ziehen sich zusammen. Es kriecht den Rücken hinauf, macht die Zähne klappern. –

Der Angriff, der gestern gemacht wurde, ist geglückt. Es gab Gefangene und Maschinengewehre. Das war ihr Ostergruß an die Heimat. – Was erhalten sie dafür? – Sie fragen nicht danach.

In der Zeitung wird stehen: »Ein schneidig durchgeführter Angriff südlich der Höhe 304 gelang in vollem Umfang. Wir machten Gefangene und erbeuteten Maschinengewehre.«

Die in der Heimat wissen die genauen Zahlen. Die vorne sehen durch die Gläser aus den Deckungen heraus Leute laufen, springen und fallen, hören, wenn die Geschütze einmal pausieren, das leise Hurra der Stürmenden. Sie sehen die Leichen in seltsamen verkrümmten Stellungen in den Drahtverhauen hängen und wissen, dass jener, der die Arme hochwirft, den Leib von einem Bajonett durchbohrt, »Mère!« brüllt. Weiß der andere aber, dessen plumper Fuß sich auf die Brust des Getroffenen stemmt, und der mit großer Kraft das Bajonett herausbricht, herausbiegt, dass er einen Menschen tötet? – –

Nun schläft das Feuer ein, wie ermattet. Aus drei Stunden Ruhe muss für vierundzwanzig Stunden Kampf Erfrischung geschöpft werden.

Das Telefon tutet. Einer erkundigt sich nach zwei verwundeten Freunden, die eine Granate zu Boden gestreckt hat. Er empfängt die Nachricht, dass es hoffnungslos steht.

»Kann man Ostern noch anders feiern als in Dreck und Pulverqualm?« fragt Leutnant Seydel Vorhofen.

Fern, wie ein Streifen Morgenrot am Nachthimmel, spiegelt die Erinnerung vergangene Jahre. – – –

Geputzte Menschen am Kurfürstendamm. Lachende Kinder mit bunten Eiern in den Händen. Und Frühlingssträucher. Hier gibt es keine Blumen. Graues, zerrissenes Eisen wohl, das an Blumen erinnert. Aber blau, weiß und rot blühende Zweige sind Dinge, die nur im Traum wahr sind.

Das Telefon tutet: »Meldung an sämtliche Beobachtungsstellen: Westlich der Kuppe des Toten Mannes eine Leuchtkugel.«

Vielfach echoet das Telefon die Meldung.

Wieder Tuten: »Das Beunruhigungsfeuer ist zu verstärken, bis Gegenbefehl kommt.«

Der Feind regt sich. Dumpf donnernd setzt die Kanonade wieder ein. Gestern steigerte sie sich zu einem wahnsinnigen Schnellfeuer. Die Waldhöhen hinter den Stellungen lagen wie in blauem Abenddunst. Ob es heute wieder so kommt? Ein kurzes Signal genügt. –

Es regnet. Es rieselt die Treppe hinunter, gluckst auf den Boden des Stollens, tropft von der Decke, rinnt die Wände hinunter. Vorhofen steht am Scherenfernrohr. Aus dem Grau des kommenden Tages schälen sich die Orte Béthincourt, Esnes. Orte, die einst waren. Hellgraue Steinhalden sind es jetzt.

Hier feierten Menschen auch Ostern. Früher einmal.

Mit Bändern und Blumen geschmückt. Lachen. Tanzen. Musik.

Das Fallen der Wassertropfen auf einen alten Eimer, der als Stuhl dient, klingt wie das Tacken einer Wanduhr.

Eine Ratte quiekt hinter der Holzwand des Stollens.

Einer im Telefon sagt: »Frohe Ostern.«

»Ja, frohe Ostern! Wer weiß, ob es nicht mein, ob es nicht dein letzter Tag ist.«

# XXIV.

Vorhofen ist als Beobachter in den vordersten Graben kommandiert. Dicht vor dem Scherenfernrohr liegen zwei Leichname ohne Köpfe. Fliegen nippen von der Süße eines menschlichen Gehirns, das in offener Schale liegt. Vorhofen muss sich die Nase zuhalten, wenn er an das Fernrohr tritt.

Die Essenholer der Kompagnien verlassen den Graben. Ein orange schillernder Himmel strahlt über ihnen. Sie verschwinden im Laufgraben. Das Geschützfeuer der Franzosen, das in breiten Strahlen die Straßen, Artilleriestellungen und Reservestellungen beunruhigte, konzentriert sich, wie Licht durch eine scharfe Linse, plötzlich auf die Kuppe des Toten Mannes. Der Berg, der wie ein wild aufgeschütteter Zementhaufen aussieht, verschwindet in einer ungeheuren Staub- und Rauchwolke. Vom Rabenwald bis zur Wiese von Béthincourt sieht man nichts als scharfrote Blitze im weißlichgrauen Staubschleier. Im grellen Krachen und Dröhnen spritzen Steine und Erdklumpen in die Luft. Leuchtsignale steigen auf. Aus dem Rabenwald, aus Béthincourt, von der Kuppe des Toten Mannes, der ein Vulkan zu sein scheint, schießen blanke, farbige Funken gegen den Himmel und wehen schwankend, flatternd, langsam zurück in das Rauchmeer. Noch steigert sich das feindliche Feuer. Ein einziger brüllend krachender Ton, der weithin die Erde zittern macht.

Und da vorne sitzen Menschen. Da vorne arbeiten Ärzte, verbinden und erlösen. Da vorne werden jetzt Gewehre gerichtet, Bajonette aufgepflanzt, Handgranaten bereitgelegt, Flammenwerfer fertiggemacht und Maschinengewehre bereitgestellt. – Da vorne, inmitten dieses Eisenorkans, der den Berg auseinanderreißen will.

Die in der Etappe und daheim ein Dach über dem Kopf haben und jetzt die Lampe anzünden, um ein Buch lesen zu können, eine Mahlzeit zu nehmen, mit einem Freund zu sprechen, sie können sich nicht denken, dass es plötzlich in den Wänden knistert und das Gebäude, Steine, Balken und Dach in sich zusammenbricht. Alles über einem heruntersinkt und wie eine Presse die menschliche Maschine, Rippen und Herz und Magen zu einem Brei zermanscht. So können sie sich auch nicht vorstellen, wie es ist in einem schmalen Graben zu liegen unter dem Sausen, Krachen, Surren, Heulen, Pfeifen und immerzu zu denken: Jetzt – jetzt – jetzt kommt der zentnerschwere Kegel auf dich herabgesaust, zerstampft dich, zerreißt dich. Man macht die Augen zu und denkt an den Riesen, der des Seefahrers Genossen bei den Beinen packte und mitten auseinanderriss. –

»Wie die feinen Knöchelchen knacken!« –
Plötzlich ist es still. – Schmerzen verursacht die Ruhe.
Die feindlichen Geschütze strahlen das Eisen wieder auf die Straßen, Reservestellungen und Artilleriestände. –
Nun braust es durch die Luft. Die deutsche Artillerie legt einen Sperrfeuerring hinter den ersten feindlichen Graben, damit Verstärkungen nicht herankommen. Das gibt die Ruhe zurück. – – –
Sie kommen. Graublaue Flecke hüpfen. Klatschend explodieren Handgranaten. Die Zähne zusammenbeißen. Im Hass schlagen sie aufeinander, wie in großer Kälte. –
Sie kommen. Am Drahtverhau sind sie schon. Jetzt fangen die Maschinengewehre an zu rasen. Wie große Dampfsägen hört sich das an. Die Gewehre kläffen. Die Handgranaten klatschen. Wütend blinken die Bajonette. Sie müssen zurück. – – Die graublauen Flecke hüpfen zurück. – – Verschwinden hinter dem Grabenwall.

Das Artilleriefeuer wird ruhig. Zuweilen spritzt noch ein schwarzer Krater auf.

Ermattung.

Der Staubschleier um den Toten Mann zerreißt. Der Himmel legt sein glitzerndes Kleid auf den Berg. Die Verwundeten und Toten sind zurückgebracht. Der Graben ist gereinigt, vertieft, wiederhergestellt.

Die Essenholer kommen zurück.

Jetzt nur schlafen – schlafen!

Die Wache steht spähend an der Grabenbrüstung.

Dumpf fällt ein Kanonenschuss. Eine Leuchtrakete schwankt langsam grell zur Erde zurück.

# XXV.

»Es ist nichts mehr zu sehen«, sagt Leutnant Seydel, der am Scherenfernrohr steht. Er kommt die Leiter herunter. Abend ist es geworden. –

Einen Gasangriff hatten diesmal die Franzosen am »Toten Mann« versucht. Bei Höhe 304 versuchten sie, nach scharfem Feuerüberfall einen Graben zu nehmen. Vergebliche Bemühungen.

Jetzt ist Ruhe. Venus strahlt am verblassenden Himmel.

»Wollen schlafen gehen.«

Die Telefonwache wird eingeteilt. Informationen über Leuchtsignale gegeben. Leitungsproben. Dann werden die Strohsäcke gerichtet. Die Kerzen verlöschen. Nur eine am Telefontisch bleibt brennen. Da sitzt die Wache.

Die Uhr tickt. Man liest ein Buch, oben zischen und krachen die Granaten. Das Gebälk zittert.

Ein Rascheln, Pfeifen. – Das sind die Ratten.

Durch den Spalt zwischen den Wandbohlen lugt ein spitzer grauer Kopf. Kleine schwarze Augen funkeln. Die Nase bebt schnüffelnd.

Das ist Anna. Eine große Ratte, fast so groß wie ein Bologneser Hündchen. Wenn Ruhe in den Stollen gekommen ist und nicht weiter zu hören ist als das Schnarchen und Atmen der schlafenden Kameraden, kommt Anna sie besuchen. Sie steckt den Kopf durch den Spalt und guckt unbeweglich.

Eine Granate kracht. Der Stollen zittert. –

Die blanken Rattenaugen sehen Vorhofen unbeirrt an. – Telefon tutet.

»Meldung an den Artilleriekommandeur: Feindliche

Batterien A und C beschießen Béthincourt und anschließende Anmarschgräben.« –

Einen Augenblick Ruhe. Granaten krachen.

Das Telefon tutet. »Batterie Gustav und Batterie Emil: sollen die feindlichen Batterien sofort unter Feuer nehmen.«

»Adieu, Anna. Jetzt habe ich keine Zeit mehr.« Vorhofen sticht mit dem Taschenmesser nach ihr. Sie zieht sich zurück.

Kommandos hallen im Fernsprecher. Haubitzgeschosse zischen wie Schlangen, wenn sie über den Stollen hinwegfliegen. Das feindliche Feuer lässt nach. Vorhofen nimmt ein Buch. Dreimal hat er es schon gelesen. Man muss die Zeit vertreiben. Mit ihr kämpfen sie viel härteren Kampf als mit den Feinden.

Manchmal, wenn sie sich schlafen legen, denken sie: Morgen ist Frieden. Morgen ist alles zu Ende, und sie gehen wieder leicht beschuht und nicht sporenklirrend über den Berliner Asphalt. –

Und sie gehen wieder – der in sein Geschäft, der auf seine Redaktion. – Dann wälzen sie sich unruhig auf dem Strohsack. Und wenn der Morgen graut, jagt sie das Kommando wieder in den Kampf.

Es raschelt hinter der Wand. Anna ist wieder da. Sie sieht Vorhofen mit ihren blanken Augen an.

Sie, die von den Menschen gejagt wurde, mancher Bauer aus Béthincourt stellte ihr wohl Fallen oder schoss sein Terzerol auf sie ab, sie ist die einzige Genossin in diesem Leben auf der Brücke zum Tode. Wenn die Kameraden schlafen, wenn einer einsam unter dem Krachen und Zischen und Heulen der Geschosse sitzt, sagt ihm ihr Rascheln, dass er vom Leben umgeben ist. Sie gibt Hoffnung, spannt den Bogen, auf dem die Gedanken in die Heimat fliegen.

Sie ermuntert.

Wasser, das von der Decke tropft, ist die Uhr. Einhundertvierundsechzig Tropfen fallen in drei Stunden.

Vorhofens Wache ist zu Ende. Gähnend steht Leutnant Seydel neben ihm.

»Was Neues?«

»Nein – Anna ist da.«

»So, na dann ist es ja nicht so langweilig. Wo sitzt sie denn?«

»Rechts vom Telefonkasten, in der Ritze.«

Vorhofen legt sich auf den Strohsack. Er ist todmüde, aber er kann doch nicht schlafen. Leutnant Seydel prüft die Zeitungen. Jetzt hört Vorhofen, wie er sich mit der Ratte unterhält. Das Wasser tropft: Eins – zwei – drei – vier – – –

# XXVI.

Aufblitzen. Ein blauer Rauchring in der Luft. Krachen. Ein Geschütz schießt ab. Das nächste fällt ein. Eine andere Batterie beginnt, eine dritte, vierte. Alle Batterien, schwere und leichte Kaliber, die in diesem kleinen Abschnitt stehen, fangen an zu schießen. Der Morgen graut!

Die Batterien schießen. Sie schießen nicht schnell. Bedächtig, langsam fast. Jede Batterie schießt in einer Minute einen Schuss ab. In der Stunde fallen also auf die ungefähr 800 Meter gestreckte Höhe 2400 Granaten nieder.

Die Kanoniere ärgern sich über das laue Feuer. Schneller müsste das gehen. Die Kanonen sollten rauchen, die Rohre glühen, die Flüssigkeit in den Bremszylindern der Rohrrückläufe kochen. – Alle Minuten ein Schuss – gar nichts ist das.

Die Sonne kommt auf. Die Beobachtung kommandiert Korrekturen, aber die Richtung bleibt die gleiche. – Alle Minute ein Schuss in die Gräben auf Höhe 304.

Über der Höhe steht eine Staub- und Rauchwolke. In ihr blitzen die Einschläge der Granaten. Steinsplitter und Erdklumpen, Fetzen von Eindeckungen und menschliche Glieder sausen in die Luft. Man kann sich nicht vorstellen, dass in diesen Gräben noch Menschen sind.

Drahtverhaue, Fallgruben, Gräben – alles ist eins, alles eingeebnet, zerrissen. Der Wald am Ostabhang der Höhe ist hingemäht, niedergestampft. Aber immer noch rasen in ihm die Projektile und schleudern die zersplitterten Stämme in die Luft.

Die französische Artillerie beginnt zu antworten. Das Krachen der deutschen Geschütze verschluckt das Heulen der feindlichen Granaten, die von Fort Marré und Bois

Bourrus herkommen. Plötzlich steht irgendwo eine riesige schwarzgelbe Fontäne. Die Erde zittert. In der Luft heulen die Sprengstücke und Steinsplitter. Immer neue Fontänen spritzen auf. Und heftiger beantwortet der Feind die Kanonade. Über dem Hügel lagert sich der Staubnebel.

Unentwegt schleppen die Kanoniere die Geschosskörbe. Der Waffenmeistergehilfe geht von Geschütz zu Geschütz, sieht nach, ölt, wie ein Maschinist, der seine Maschine während der Arbeit beobachtet und ölt. Alle Minuten ein Schuss. – –

Fesselballons stehen sehr hoch, schwebende Bananen im Sonnenschein. Flieger ziehen elegante Bogen. Wie Peitschen knallen die Abwehrgeschütze. Jetzt kommt ein Fokker in rasender Fahrt. Hoch über dem feindlichen Flugzeug kreisend, stößt er im Sturzflug mit rasendem Maschinengewehrfeuer auf den Feind nieder. Alle, die in diesem Augenblick müßig sind, folgen gespannt dem Schauspiel. – Aber der Feind weicht aus und rettet sich. Er hat Glück gehabt.

Die Küche kommt. Hält hinter der feuernden Batterie. Die Kanoniere empfangen ihr Essen. Mit den ruß- und schmutz- und ölgeschwärzten Händen wird es hinuntergeschlungen.

Alle Minuten ein Schuss!

»Donnerwetter, es ist ja schon nachmittags!«

Die Sonne senkt sich gegen Abend. Braunrot liegen die Hügel unter dem grünlichen Himmel. Die hellen Wälder hinter uns hüllen sich in bläulichen Dunst.

»Stärker feuern.« – Zwölf Stunden haben sie bis jetzt geschossen, ohne zu wissen, dass es zum Angriff geht.

»Schnellfeuer.«

Jetzt wissen sie's. Das Feuer wird zu einem rasenden Wirbel. Wie der Tambour in alter Zeit siegestrunken und überzeugt zum Angriff sein Kalbsfell rasseln ließ, so lassen jetzt die Kanoniere ihre Kanonen rasseln.

Die Luft ist ein einziges Dröhnen. –

Plötzlich bricht es ab. – Zehn Minuten. Die schweren Batterien nur feuern langsam weiter auf feindliche Artilleriestellungen. Die leichten Batterien fallen wieder ein. Aber sie schießen um mehrere hundert Meter weiter.

Das macht zufrieden. »Feuerpause!« wird kommandiert. Es ist dämmerig geworden. Am Horizont flammt es auf. Riesige Rauchfahnen wehen auf.

Die Beobachtung meldet, dass Fort Marré und Bois Bourrus in Flammen stehen. – Eigentlich wunderten sich die Kanoniere schon, warum sie solange geschwiegen haben.

Die ersten Gefangenen werden gebracht. Einige hundert. Die Infanteristen, die sie begleiten, können erzählen. – Manchmal, beim Sprung in einen Graben, zögerten sie, so entsetzlich war der Anblick der aufgerissenen und zerfetzten Leiber, die da umherlagen. – Aber nun ist es geschafft. Die Höhe ist genommen. – Ob das alle Gefangenen wären. – Es sind noch viel mehr. – –

Stürmen ist nicht so schwer. Nicht so schwer wie das Ausharren in der besetzten Stellung, wenn das feindliche Artilleriefeuer wieder einsetzt. – Nicht dran denken heute! Sie haben Gefangene – sie haben gewonnen. Wer weiß, wer morgen noch lebt. Heute wird gefeiert!

Nacht kommt. Der aufgehende Mond und Venus blicken klar und ernst zur Erde hinab.

# XXVII.

Vorhofen hat zwei Tage Urlaub nach einem kleinen Ort hinter der Front, um zu baden, Wäsche waschen zu lassen und um sich zu rasieren. Vorne, wenn der Bart gar zu sehr sticht, nimmt man wohl das Messer und fängt an, trocken zu schaben. Aber das schmerzt noch mehr.

Die Ablösung wünscht ihm ein gesundes Wiedersehen. – Das ist notwendig; denn nicht einen Schritt kann man machen, ohne Gefahr zu laufen, von einer französischen Granate gefasst zu werden. Sie streuen überall mit schweren Kalibern.

Nun ist der Laufgraben zu Ende. Den »Granatenweg«, so wird die Straße durch den Forgeswald genannt, eilt man hastig hinauf. Mit losen Gelenken, bereit, jeden Augenblick in den flachen Straßengraben zu springen. Der graue Schlamm spritzt um den Mantel. Alles ist mit einer Kruste bedeckt. Das Leder der Schuhe ist rot und schlammig wie Zunder.

Maiglöckchen und Hahnenfuß lächeln unter Tränen in dem kargen Sonnenstrahl, den eine neue Regenwolke herrisch verdecken wird. Man hat keine Zeit, Blumen zu pflücken. Man horcht nicht auf das Zirpen der Vögel, die den von tausend Granaten verwundeten Wald nicht verlassen haben. Sie wiegen sich in dem hellen Laub der Frühlingsbäume. Man horcht nur auf das Sausen der Geschosse, die kommen und dahinfahren, und das Auge merkt sich Löcher und Gräben, um den Körper zu decken, sobald in die Nähe geschossen wird.

Nun lichtet sich der Wald. Über die zerschossenen Häuser von Drillancourt und Gercourt huscht die Sonne mit weicher Hand. Ein Strom leuchtender Farben, Grün, Gold, Blau und Purpur breitet sich das Maastal.

Nun Sivry, Brabant.

»Dass sie noch immer nicht die Hoffnung auf den Sieg aufgeben«, sagt einer lächelnd zu Vorhofen. »Wer dieses Land verloren hat, ist besiegt.«

Sie wandern durch den Wald von Septsarges. Der Artilleriekampf tönt mild und fern. Ein Fasan schreit. Rebhühner flattern auf. Im Wald verborgen ruht ein abgestürztes Flugzeug. Zertreten, die Zeichen seiner Nation sind verblasst. Was brauchbar war, hat man entfernt. Ein paar Leinwandfetzen, einige Drähte, geborstene Stangen. Das erinnert an einen Vogel, der über Winter gestorben ist. Die Käfer haben ihn im Frühjahr verzehrt. Einige Federn und Knochen nur blieben von dem, der einst über dem Wald stolze Zirkel flog.

Nun ist Vorhofen in dem kleinen Dorf, wo er ausruhen soll. Ein reger Verkehr ist da. Munitionskolonnen, Proviant-, Sanitätskolonnen. Bataillone, die zur Ablösung in den Graben gehen, Bataillone, die hier in Ruhe sind.

Vorhofen wird zum Abend eingeladen. Wie das klingt! Manchmal kam einer in den Stollen gekrochen. »Menschenskinder, habt ihr nicht 'nen Schluck Kaffee? Ich hab' so'n Durscht!« – –

Und sein Freund bewirtet ihn köstlich. Er hat sogar Messer und Gabel und einen Teller für ihn. Und was er ihm alles bieten kann! Hummermayonnaise und Datteln. Wer wagt an so etwas überhaupt zu denken!

Der nächste Tag bringt Sonnenschein. Die Kleider sind sauber, die Stiefel geschmiert. Nun geht man auf die Höhe hinter dem Dorf und sieht hinüber nach dem »Toten Mann«, nach »304«. Unbeweglich stehen die gelben Fesselballons im Blau. Sie leiten das Feuer der schweren Artillerie. Hohe Rauchsäulen stehen über dem Kampfgelände. Die Luft bebt sacht von dem Dröhnen der Granaten. Und dennoch singen – die Lerchen!

»Man vergisst so schnell, dass man in Gefahren war. Das Animalische überwuchert alle anderen Gefühle.« – »Die

Spinne, die du eben berührt hast, sitzt auch nur erstarrt, überwältigt vor Schreck einen Augenblick. Nun stürzt sie sich schon auf eine Fliege und frisst sich satt.«

Am Abend ist Konzert auf dem Dorfplatz. Eine Regimentskapelle spielt. Die Soldaten gehen mit lässigen Bewegungen auf und ab. Ihre Hände bewegen sich in schwerer, träger Ruhe. Der, der aus dem Feuer kommt, sieht das neu und merkwürdig.

Einmal hat man die verzückten, närrischen Schreiber, die sich an der Schönheit des Menschen begeisterten, belächelt. Man kann das nicht mehr tun. Am wenigsten hier, wo Hekatomben Freund und Feind geopfert werden.

*»Sind sie geboren worden, um sich zu vernichten vor ihrer Bestimmung? Schlägt man einen Obstbaum um, bevor man die Frucht erkannt hat?«*

Die Kapelle spielt etwas Lustiges. Die Soldaten gehen langsam, genießend auf und ab. Der gelbe Ballon wird von dem blauen Himmel heruntergeholt. In der Ferne brummt der Geschützdonner unaufhörlich.

Vielleicht findet bald ein Angriff statt.

## XXVIII.

Vorhofen geht am Grabenrand entlang zur Beobachtung. Es geht sich besser oben als in dem vielfach gewundenen Graben. Plötzlich trifft ihn ein schwerer Schlag in den Rücken. Er fällt. Sein Gehirn registriert: Ich bin verwundet. Die Gedanken rasen durch seine Augen: Mutter. Geliebte Dora. Redaktion. Freunde am Kaffeehaustisch. Einer hängt mit breiten Armen am Bartisch. Whisky-Soda. Sonnenabend am See. Ein Himmel stürzt sich auf ihn dröhnend wie eine Glocke. Es wird sehr dunkel. Jemand würgt ihn. Er fällt tief, unaufhörlich in dröhnende Leere. – –

Vorhofen fühlt seine Hand. Sie ist kühl. Er schlägt die Augen auf. Dämmert der Abend, oder ist es Morgen? War es nicht Tag, goldener Tag, als er an dem Graben entlang ging?

Er liegt auf dem Bauch. »Ich bin verwundet«, flüstert er. Seine Lippen sind sehr trocken. Durst. Sein Rücken ist schwer. Vorhofen tastet über seine Schulter. Der Rock ist feucht. Er fasst etwas Weiches. Schöpft es mit der Hand. Es ist ein Klumpen Blut. Nun rieselt es warm. Er will den anderen Arm heben. Schlaff hängt er herab. Er ist nicht mehr beweglich.

Vorhofen hört Schritte. Er will rufen. Ein leises Stöhnen quillt aus seinem Mund. Rote Flammen sprühen vor seinen Augen. Wieder dröhnt die Glocke. Nacht umfängt ihn.

Auf einer Bahre, die leise schaukelnd über die Landstraße getragen wird, erwacht er wieder. Nun wird die Bahre in einen Krankenwagen geschoben. Die Pferde ziehen an.

Soldaten, die in den Häusern des Dorfes sitzen, singen leise.

Der graue Krankenwagen schaukelt auf der staubigen Landstraße, die in das abendliche Tal hinabführt. Die

Schwerverletzten liegen auf den schmalen Bahren übereinander und blicken stumpf nach oben; die anderen sitzen. Einige sind krank, andere leicht verwundet. Die Verwundeten betrachten ihre blutigen Verbände; die Kranken erzählen von ihrer Krankheit. Aller Augen sind noch ungelöst. Die Pupillen scheinen krankhaft klein. Die Iris ist glanzlos. Unruhig und doch wie erstarrt ist aller Blick.

Flüsternd erzählen sie von ihren Leiden. Während eines feindlichen Angriffs ist einer verwundet worden. Die Granaten zerhieben die Grabenwehr. Er kroch zehn Schritt zu den Sanitätsmannschaften. Während sie ihn verbanden, schlug ein Geschoss in der Nähe ein und verwundete ihn noch einmal.

Aber nun geht es zurück: »Wir werden alle zurückkommen – alle nach Deutschland!«

Es ist sehr dunkel. Aus einem Tümpel schreien Frösche. Das Dröhnen der Schlacht ist matter geworden. An einer Baracke brennt eine kleine Laterne unter einem großen Schirm. Der Wagen biegt von der Straße ab. Und nun werden sie ausgeladen.

Die, die gehen können, klettern schnell hinaus. Einer mit einem Fußschuss hüpft auf dem gesunden Bein in die Baracke. Einen anderen nimmt ein Krankenträger auf den Buckel. Nun sind sie alle in der Baracke. Der Arzt sieht auf den Krankenzetteln, was vorliegt. Dann werden die Verbände nachgesehen. – Sie werden alle weiter transportiert werden, denn sie sind transportfähig. In den Betten an den Wänden liegen viele Schläfer. Das sind die Nichttransportfähigen. Dicke Verbände sind zu sehen. Einer mit schwer verbundenem Kopf. Ein geschientes Bein, geschiente Arme. Alle schlafen. Schlafen in der Ermattung der fürchterlichen Leiden in der süßen, schmerzlosen Nacht, die das Morphium gibt. Alle Träume sind golden. Manche der Schläfer lächeln. Tasten mit den Händen über das weiße Betttuch, mit den braunverbrannten Händen, die wie gebeizt aussehen von den Leiden und der furchtbaren Arbeit und dem Blut.

Keiner spricht. Die Schläfer atmen schnarchend. Donnernd erwacht die Schlacht von Neuem. Der, der hinausgeht, sieht das unruhige, blitzartige, blutrote Zucken am Himmel. Dazwischen das grellblaue, müde Flackern der Leuchtraketen. Scheinwerfer peitschen blasse Striemen in den tiefdunklen Himmel, suchen nach Fliegern, die die Orte hinter der Front bombardieren wollen.

Vorhofen ist verbunden worden. Er darf mitfahren. Er ist transportfähig. Der Krankenträger kommt. Er hat einen Wattetupfen. Scharf reibt er über Vorhofens entblößten Oberschenkel. Schwer, süß duftet das Morphium.

Einer der Leichtverwundeten meint: »Dat war jetzt Pech, wenn ick noch 'ne Fliegerbombe kriejte, wo ick doch so'n scheenen Kavalierschuss habe.«

Wieder ist Ruhe. Man hört nur die Schlafenden. Eine Hand legt sich sanft auf Vorhofens Augen. Er atmet befreit. In seinen Ohren singt die Heimat.

## Ausgewählte Kriegsberichte aus den Jahren 1914–1915

### Eine Begegnung in Dixmuiden

*Dixmuiden, im November*
Drei Kilometer von hier geht die Straße nach Dixmuiden, das wir jetzt erobert haben. Drei Stürme haben wir unternommen. Zweimal wurden wir zurückgeschlagen, zweimal hatten wir schwere Verluste. Beim dritten Mal gelang es. Und da werden in Berlin wohl die Zeitungen mit fetter Schrift gemeldet haben, dass dieser Stützpunkt des belgisch-französischen Heeres gefallen sei.

Die Bäume an der Straße sind zersplittert von Granatschüssen, die Baumkronen liegen wie Bögen über dem Weg, auf dem jetzt unsere Gulaschkanonen und die Bagagen friedlich auf und ab traben. Der Häuser leere Mauern spitzen sich in den Himmel. Alles ist ausgebrannt. In den Straßengräben liegen Uniformstücke, Tornister, Gewehre, Säbel, Mäntel, Mützen, Helme, Stiefel, verrostet, im Schmutz begraben. Getroffene Pferde strecken die Beine in die Luft. Die Felder sind von langen, langen Schützengräben, Laufgräben linear, im Zick-Zack durchfurcht. Man bekommt immer mehr Ehrfurcht vor unseren Pionieren, wenn man die Unterstände, Räume für 15, 20 Mann, unter der Erde sieht.

Dixmuiden ist noch ziemlich unsicher. Die Engländer schießen von Zeit zu Zeit ihre schweren Schiffsgranaten (ich glaube 32 Zentimeter) in den Ort und zertrümmern das, was unsere Artillerie verschont hat. Was wir übrig gelassen haben, ist nicht viel. In den Schützengräben liegen Mann an Mann die Leichen der Feinde, von unseren Granaten zerfetzt. Da ist es leicht erklärlich, dass die Belgier, die berühmten französischen Mariniers und vor allem die Turkos reihenweise aus ihren Gräben aufstanden und die Hände hoch hoben, als unsere Infanterie mit Hurra und aufgepflanztem Bajonett zum Sturm vorging. Beim dritten Sturm hatten wir fast keine Verluste.

Ich war einige Zeit zum Stab der Brigade v. R. kommandiert. Eines Nachmittags kam der Leutnant vom Stab mit einem Unteroffizier von unglaublich »wildem« und »bedrohlichem« Aussehen an und führte ihn ganz kameradschaftlich zum Obersten: »Gestatten, Herr Oberst, dass ich vorstelle, Unteroffizier Paul Wegener, früher am Deutschen Theater.«

Paul Wegener als Soldat! Richard III., Macbeth, Holofernes – eine versunkene Welt königlicher Erhabenheit tat sich vor mir auf. Vor einem Jahr, vor einem halben Jahr noch saß er im Abenddämmern unter einem herbstlichen Kulissenbaum am Tor einer ehrwürdigen Burg. Hässlich, königlich zugleich – wuchtig auf sein riesiges Schwert gestützt:

»Nun ward der Winter unsers Missvergnügens

Glorreicher Sommer durch die Sonne Yorcks –«
»Danke gehorsamst, Herr Oberst.« Er klappt mit den Hacken zusammen. Oberst v. R. bietet dem Unteroffizier Wegener eine Zigarre an.

Abends habe ich noch zweimal den Herrn Unteroffizier gesehen. Das erste Mal an der Gulaschkanone. Aus dem Deckel seines Kochgeschirrs vertilgte er die gute, warme Suppe. Ich musste mit einer Meldung zu einem Bataillon, das weit vor der Stadt Dixmuiden am Feinde lag. Nachts kam ich zurück und ging langsam durch das ausgebrannte Dixmuiden. Der Sturm heulte aus den leeren Fenstern, Türen schlugen krachend zu, Fensterscheiben sprangen, plötzlich stürzte ein Haus ein, Gewehrfeuer, Explosionen von Granaten, dazu ein blauer Mondschein geisterhaft durch die Hausgerippe schlüpfend – da kam »Richard III.«

über den Dixmuidener Markt. Die 6. Kompagnie rückte in Stellung und Wegener, der als Feldherr und König (auf der Bühne) Völker gegeneinander geworfen hatte und unzählige Male gestorben war, marschierte an der Spitze und schmauchte vergnügt sein Pfeifchen.

Da habe ich einen Wunsch ausgesprochen, auf dessen Erfüllung ich hoffe: im ritterlichen Gewand, auf das große Schwert gestützt, im Abenddämmern des Rampenlichtes noch einmal zu hören:

»Nun ward der Winter unsers Missvergnügens
Glorreicher Sommer durch die Sonne Yorks usf.«

In: Berliner Tageblatt, 43. Jg., Nr. 603, 27. November 1914, S. 4.

## Westlicher Kriegsschauplatz

*Vor L., 7. Dezember*

Vor uns liegt der Ort L… Unsere Batterie steht in einem verlassenen Schützengraben. Als wir einzogen, hatte man uns den Aufenthalt mit Recht gerühmt: luxuriös eingerichtete Unterstände, absolute Ruhe (es gäbe nur von Zeit zu Zeit mal ein bisschen Infanteriefeuer oder eine verirrte französische Granate). Na, wir waren von Dixmuiden her nicht verwöhnt, und wir fanden die Unterstände mit den schönen Tischen, Schränken, den Sesseln und besonders den entzückenden Öfen ganz komfortabel und dankten unseren Vorgängern, dass sie alles so hübsch dagelassen hatten.

Am ersten Abend ging es gut. Es war neblig, die französischen Batterien schwiegen und auch die Infanterie betrug sich einigermaßen gesittet. Wir schliefen die erste Nacht vorzüglich, und am nächsten Morgen musste das dritte Geschütz sogar ein ganz gehöriges Kasernendonnerwetter über sich ergehen lassen, weil um neun Uhr noch alles im Stroh lag.

Damit nahm die Vorstellung ihren Anfang. Um zehn Uhr wussten wir uns bereits von einer feindlichen Batterie entdeckt, und zwar war es eine jener französischen Motorbatterien, die uns von Dixmuiden her schon bekannt waren. Wir können ganz genau verfolgen, wie sie sich auf unseren Schützengraben einschießen, und es ist uns unmöglich, sie aufzufinden. Um Mittag bekommen wir den ersten Segen. Sffüt rrax! machten die Granaten. Sffüt rrax! Eine gewaltige Säule von der braunen, schweren Ackererde spritzt auf, die Uhr in unserem Unterstand schlägt und bleibt stehen durch die Erschütterung. Alles wankt. Die trockene Erde fällt von den Wänden, und wir sitzen ganz still da, geduckt und warten auf die Granate, die uns in unserem Erdloch zerschmettern wird. Diesmal kommt sie nicht. Die Motorbatterie feuert fünf Schuss ab, dann ist es wieder still. Eine Stunde später, präzise um zwölf Uhr, geht es wieder los. Wieder sitzen wir wie gelähmt da. Eine Zigarre, die auf dem Tische liegt, brennt ein Loch in einen Handschuh. Niemand nimmt sie weg.

Wenn es vorbei ist, überkommt einen eine furchtbare Müdigkeit. Die Unterhaltung stockt. Einer steht auf, wankt nach dem Strohlager, dreht sich noch um und flüstert: »Weckt mich.«

Wir dürfen nicht schießen. Das ist Befehl vom Abteilungsstab, der seine guten Gründe hat. Wenn wir in Gegenwehr sterben könnten, alles wäre gut. Wir wären lustig und frisch, aber so dazusitzen und auf seine Bestimmung zu warten wie ein Tier, das ist das schlimmste. Den ganzen Tag bis zur Dunkelheit kommen pünktlich alle Stunde die fünf Granaten, suchen ihr Ziel: uns und unsere vier Geschütze, und niemals fehlen mehr als zehn bis zwanzig Meter am Zielpunkt. Um sechs Uhr nachmittags ist es stockfinster. Das feindliche Feuer fällt aus, um sieben Uhr auch.

Wir erholen uns rasch, Speck, trocken Brot, dünner Kornkaffee und – eine kleine Rebhuhnpastete, die eine ganz besonders bedachte Mama ihrem Sohne geschickt hat, sind unser Abendbrot. Und dann zu Bett mit der Ahnung, dass es mit der Morgendämmerung wieder losgehen wird.

Um fünf Uhr früh kommt telefonisch die Meldung: »Alles fertig machen zum Feuern! – Die Mannschaften an die Geschütze. – Entfernung 2100 Meter. – Granatbrennzünder.« Das Ziel ist am Abend vorher schon festgelegt worden. – Wir hören das Rauschen eines heftigen Infanteriefeuers. Es ist stockfinster.

»Eine Gruppe.« – Unsere Granaten singen über die Ebene dem Ziel entgegen. Vom Beobachtungspunkt kommt telefonisch: »Der Schuss lag gut – Gruppenfeuer, alle zehn Sekunden ein Schuss. Jedes Geschütz steigert seine Entfernung bis auf 2200 Meter.« – Und jetzt geht es los! Schlag auf Schlag. Wir werden vor Anstrengung heiß, der Schweiß mischt sich mit dem Regen, der gerade einsetzt.

Jetzt fängt die Motorbatterie an zu arbeiten. Rax! macht die erste Granate. Die zweite hat uns gefasst. Wir sind von einem Flammenmeer umgeben. Es saust, kracht, heult, stinkt, blitzt, als ob wir im Krater eines Vulkans säßen. Wir sind mit einer Erdkruste bedeckt. Jetzt, Gott sei Dank, machen sie eine kleine Pause.

»2175!« kommandiere ich. Der Richtkanonier sitzt vornübergebeugt. »Fischer!« rufe ich, ich will ihn anfahren, da rutscht der Körper vom Sitz, klemmt sich zwischen Sitz und Richtmaschine und bleibt hängen. – Granatsplitter in die Stirn. Ihn hat's getroffen, uns allen gegolten. Wir heben den Körper aus seiner Stellung, legen ihn beiseite, der fünfte Kanonier nimmt den Richtsitz ein und es wird weitergeschossen; ruhig geschossen. Im Geiste sehen wir, wie unsere Granaten in die feindliche Infanterie fahren.

»Haalt – Feuerpause!« – kommt das Kommando. Das Infanteriefeuer hat aufgehört. Die feindliche Batterie schweigt. Wir kriechen in unsere Unterstände zurück. Einer nur bleibt oben. Sein Eisernes Kreuz, vor wenigen Tagen erworben, liegt vor uns auf dem Tische neben der Erkennungsmarke und dem Brustbeutel.

Den Vormittag über schwieg die feindliche Batterie, am Nachmittag schlug ein Geschoss in unseren Unterstand, und zu den Toten kam noch ein lieber alter Kerl, der Munitionskanonier an meinem Geschütz war. Wir legten beide in ein Grab.

Die Nacht hindurch regnete es, es regnete heut früh. Mittags standen wir bis zum Bauch im Wasser und feuerten. Nachmittags brachen unsere Unterstände ein, wir haben nichts gerettet, als den Telefonapparat, die Karabiner und die Mäntel. Jetzt sitzen wir nass wie die Katzen ein Stück zurück in dem Kartoffelkeller eines zerschossenen Gehöftes. Um neun Uhr abends sollten die Protzen kommen, dann geht es, Korpsreserve, zurück. Unsere Ablösung, ein Regiment, das frisch aus der Heimat kommt mit wundervollen feldgrauen Uniformen (unsere sind oft regenbogenfarben mit gelbgrauen Grundton) und gelben Stiefeln, ist eben eingerückt.

In: Arbeiterwille, Organ des arbeitenden Volkes für Steiermark und Kärnten, 25. Jg., Nr. 380, 22. Dezember 1914, S. 3.

## St. Georges

*Plaschendaele, 1. Januar*
Drei Kilometer südwestlich von Lombardzyde, wo der Kanal de Plaschendaele, der Brügge mit Nieuport verbindet, in den Yserkanal mündet, liegt der Weiler St. Georges. Bis vor wenigen Tagen war er in unserem Besitz, jetzt haben ihn die Engländer zurückerobert. Morgen ist er vielleicht wieder in unseren Händen. So geht es hin und her.

St. Georges ist ein Trümmerhaufen geworden, ein Trümmerhaufen, der inmitten eines Friedhofes liegt. Wir kommen zu dem Ort nur über einen schmalen Dammweg. Zu beiden Seiten ist ein riesiger Überschwemmungssee, links durch den Yserkanal, rechts durch den Kanal de Plaschendaele verursacht. Und immer wieder versuchen unsere Matrosen, über diesen Damm in den Ort zu stürmen. Unsere Granaten, die verschiedenen Kaliber unserer schweren Artillerie, krepieren jetzt in dem Dörfchen, ruhelos, Tag und Nacht, und ebenso ruhelos bestreichen von drei Seiten die französischen und englischen Maschinengewehre den Dammweg. Denn die Gegner sind in ständiger Angst, dass unsere blauen Jungs das elende Nest wieder nehmen könnten. Sie liegen auf der Lauer, und wenn die Maschinengewehre nicht wären, säßen in St. Georges deutsche Matrosen.

Tak – tak – tak – mit unheimlichem Phlegma knacken die englischen Maschinengewehre, dazwischen »tuckern« nervös die Franzosen, uns so furchtbar, so undurchdringlich ist dieses Feuer, dass kein einzelner Mann unverwundet über den Weg gehen kann.

Der Wind, der von St. Georges herüberkommt, bringt Gerüche von verwesenden Leichen mit. Er trägt das Stöhnen der Verwundeten, die hilflos am Wege liegen, und denen des Feuers wegen nicht geholfen werden kann, er trägt das heisere Schreien und Husten der Afrikaner und Inder, die hoffnungslos hier dem nasskalten Klima erliegen. Wir hören diese Stimmen des Todes in der hellen, nebligen Nacht und denken an – unsere Lieben in der Heimat.

Rechts von uns auf einem Rübenacker war vor einigen Tagen noch eine Batterie in Stellung. Sie ist heute weiter vorgeschoben. Der Acker ist von tiefen Wassergräben umrahmt.

Etwas weiter zurück ist ein kleines Haus. An der Tür steht die Inschrift: »Frankiteur – schon abgekratzt«. Irgendjemand hat ihm einen aufgespannten Regenschirm in die starre Hand gedrückt, auf dessen Spitze jetzt gerade ein entzückendes Rotkehlchen sitzt.

St. Georges ist ein Wallfahrtsort. Hier führte man die husten-, scharlach- und masernkranken Kinder hin. Man hing ihnen ein Heiligenbildchen um, und dann verschwanden die Krankheiten. Jetzt spielen wir St. Georges und bekämpfen den Drachen, der sich in dem Weiler in Form von einigen Regimentern Tommies eingenistet hat. Wir werden es schon schaffen – und bald!

In: Berliner Tageblatt, 44. Jg., Nr. 7, 5. Januar 1915, S. 1.


## Der Krieg der Nerven

*Westflandern, Mitte Januar.*
Das Überschwemmungsgebiet ist landschaftlich schön. Aus dem endlosen klaren See ragen hier und da kleine Inselchen auf, schöne hohe Bäume auf einem kleinen Grasfleckchen, ähnlich den Inselchen im Neuen See im Berliner Tiergarten. Dazwischen leuchten die weißen Mauern eines Gehöftes in der Sonne. Wirklich sehr schön. Wenn man hinauf zum Kanaldamm und weiter spazieren gehen dürfte auf der prachtvollen, breiten Chaussee – es wäre etwas recht Inspirierendes für einen Dichter. Aber man darf nicht spazieren gehen, denn man ist dicht vor den feindlichen Gefechtslinien. Der Kanaldamm ist ein gewaltiger Schützengraben.

Unaufhaltsam sausen die schweren Geschosse der Fußartillerie von fern her über den Kanal gegen die feindlichen Stellungen um Nieuport herum. »Tuchreisende« werden sie genannt, denn sie setzen dem Betroffenen, Engländer oder Franzosen, so tüchtig und hartnäckig zu, wie mancher geschäftskundige Mann mit dem Musterkoffer seinen Kunden. Die Kanonade währt Tag und Nacht. Tag und Nacht klingen die Befehle durch den Telefondraht aus den Schüt-zengräben nach den Batterien. Wenn die Dämmerung aufkommt, die Kiebitze am Seeufer und auf den Inseln zu pfeifen anfangen, der Sperber schreit, dann kommt Leben auf die Chaussee. Man hört das Knarren von Wagen, die auf dem Sommerweg fahren, Pferde schnauben, und end-los ziehen Kolonnen im Gänsemarsch den hinter der Front liegenden Dörfern zu. Das sind die abgelösten Bataillone, die aus den Schützengräben kommen, die in Ruhe gehen. Ihr Schritt ist ein bisschen müde, die Gesichtet sind blass von den ausgestandenen Strapazen, von den durchwachten Nächten, von Hunger und Durst. Aber wenn sie jetzt ein-mal zwölf Stunden geschlafen haben, sich gewaschen und die Kleider gesäubert haben, dann sind sie wieder frisch und singen ihre munteren Lieder, bis die festgesetzte Stun-de sie in die Schützengräben ruft.

Endlos ziehen die Kolonnen im Gänsemarsch über die Chaussee. Am Kanal hallen ihre Schritte dumpf über die Laufbrücke. Immer weiter. 800 Meter vor dem Kanal liegen die ersten deutschen Schützengräben. Der Kiebitz pfeift. Am Horizont zucken rote Blitze, bläuliche, stark leucht-ende Raketen steigen auf, Geschosse heulen und schlagen krachend ein.

*

Wir sitzen, 35 Mann, in einem kleinen meterhohen Keller, seit fünf Tagen schon. Zuweilen gehen die Mannschaften an die Geschütze und feuern, sonst sitzen wir da, erzählen uns unsere Erlebnisse aus Langemark, Bixschotte, Dixmui-den, wo wir überall gewesen sind. »Weißt du noch?« so fängt jede Geschichte an. Dann wird einmal ein Stündchen geschlafen, danach Karten gespielt oder gesungen –

»Was nützet mir ein schönes Mädchen,
Wenn andere mit ihr tanzen gehen
Und küssen ihr die Schönheit ab – –.«

Man denkt an die, von der man am schwersten schied.

Wir müssen geduldig liegen, uns mit Spielkarten, Lie-
dersingen und Zigarrenrauchen zu zerstreuen suchen. Aber
die Gedanken kommen, wir fiebern in unserer kühlen
feuchten Gefangenschaft und segnen die Stunde, die uns
zum Feuern an unsere Geschütze eilen lässt.

In: Berliner Tageblatt, 44. Jg., Nr. 34 v. 19. Januar 1915, S. 4.


## Am Kanal

*Westflandern, im Januar*
Auf der Chaussee ist kein Licht zu sehen, nicht einmal die
roten Funken glimmender Zigarren zeigen an, dass eine
Kolonne oder ein Reiter daher kommt. Ganz leise knirscht
der Sand und die feinen Telefondrähte pfeifen im scharfen
Wind. Man muss ganz bedächtig vorwärts gehen, denn
man sieht auf drei Schritte nichts mehr, zuweilen erleuch-
tet ein Blitz die Wasserebene zu beiden Seiten der Straße,
ein scharfes Krachen folgt, ein volltöniges Singen, danach:
Eine Batterie, die auf einer Wiese neben uns eingegraben
liegt, schickt einen zarten Gruß zu unseren Gegnern hinüber.

Noch 200 Meter und wir sind am Kanal. Der Himmel
schimmert düster durch starre Hausgerippe und lässt einen
breiten Wasserarm aufklimmen, die Wellen plätschern und
ein Kahn schaukelt an der schmalen Brücke, die unsere
Pioniere neu gebaut haben.

Eine riesige Kolonne steht auf der Chaussee. Wagen mit
Proviant, Feldküchen, dazwischen Marineinfanterie. Sie
haben über ihre blauen Uniformen graue, leinene wasser-
dichte Überzüge getan, das Gewehr ist über die Schulter
gehängt und in der Hand hat jeder einen langen Stock, wie
sie Bergsteiger und Skiläufer haben.

Die Patrouillen, die gegen den Feind vorstoßen, gehen meistens bis zur Brust im Wasser. Mit dem Stecken tasten sie vor sich über den Grund, ob da nicht ein Loch oder ein Graben ist, in dem sie versinken könnten. Über die Brücke kommen einzelne dieser Patrouillengänger zurück. Die nassen Kleider dampfen, klatschend schlagen die Hosenbeine aneinander. Sie haben noch drei bis vier Kilometer bis zum Quartier zu marschieren. Ruhig gehen sie davon, raisonnieren nicht über den schweren Dienst, über die Kälte und Nässe, obgleich sie vor Frostigkeit zittern, wenn sie stehen bleiben, um einem eine gefällige Auskunft zu geben.

Alle Augenblicke steigen große, grünliche Leuchtkugeln auf. Sie zeigen, wo die feindlichen Linien sind. Es wurde gesagt, dass heute die Franzosen kämen. Alles ist »empfangsbereit«. Wenn sie nur kämen! Nie hat jemand glühender gesehnt, als wir nach dem Angriff unserer geliebten Feinde. Jeden Abend richten wir unsere Geschütze auf die Chaussee. Der eine Zug bereitet Schrapnellbrennzünder vor, der andere Granatenaufschlag. Wir wollen ihnen einen warmen, gründlichen Empfang bereiten.

*

In L…, einem größeren Dorf, gibt es ein Soldatenheim. Ein schöner, großer Saal, mit Tannenzweigen ausgeschmückt, Sprüche an den Wänden, lädt zum gemütlichen Plaudern ein. Man verschenkt hier Dortmunder Bier, man kann deutsche Zigaretten kaufen und – es gibt einen deutschen Wirt. Wie glücklich ist man, sein dickes, freundliches Gesicht hinter dem Schenktisch zu sehen, ihn fragen zu hören: »Bier jefällig?« Hier stößt man miteinander an und sagt nicht »Prosit«, man sagt »Gott strafe England«, und der dann zugeprostet wird antwortet »Es strafe es«.

Unsere Soldaten, die bei den Dünen gelegen haben, tragen zum Teil ganz grüngefleckte Mäntel und Uniformen. Die verfluchten Engländer schießen nämlich mit Granaten, die als Sprengstoff Pikrinsäure enthalten. Schlägt eine solche Granate in einen Schützengraben, so wirken die Explosivgase erstickend, zum mindesten betäubend. Gleichzeitig hinterlassen sie diese grüne Färbung in den Kleidern. Wir müssen hier auf der Wacht liegen, dürfen unseren kleinen Unterstand den ganzen Tag nicht verlassen. Dabei haben wir ausreichende Verpflegung! Wir setzen Fett an wie die Dachse bei diesem faulen Leben. Aber wir sind geduldig. Wir halten sie hier fest.

In: Berliner Tageblatt, 44. Jg., Nr. 50, 28. Januar 1915, S. 4.


**Krieg im Frühling**

1. Villa »Lausitania«

Der vorgeschobene Zug der Batterie hat sich auf einem Hügel inmitten dichtet Weißdornhecken eingegraben. Villa »Lausitania« nennt er sein Heim, denn die Unterstände sind mit nicht gerade mehr frischem Stroh gepolstert. Man argwöhnt, dass sich da »Aftermieter« eingenistet haben, deren Gegenwart die eigentlichen Bewohner der Höhlen nicht gerade glücklich stimmt. Der etwas fatalistische Humor, der uns, die nun schon fast ein Jahr hier oben in Flandern herumvagabundieren, gefasst hat, hilft über alles hinweg: Villa »Lausitania«. In dieser Bezeichnung, einigen recht kräftigen Flüchen und einigen Feldpostkarten mit der Bitte um umgehende Zusendung von Zachalin und Fenchelöl löst sich der Unmut über die unwillkommenen Gäste.

Man könnte hier nämlich ganz glücklich sein. Die Hecken, die Obstbäume blühen. Der Wiesengrund ist ein Himmel, belebt von einer Fülle leuchtender Blütensterne. Der sanfte Abendwind bringt den Duft aus den nun blühenden Rübenfeldern herüber, einen ganz süßen, schweren Duft. Vögel zwitschern, Frösche quaken in den Wassergrä-

ben, und das Ganze wäre eine etwas sentimentale Frühlings-
landschaft, wenn der böse Feind nicht mit seinen Granaten
dazwischen führe. – Da kommt so ein Ding angesaust; macht
in der Luft schon einen unglaublichen Radau, krepiert mit
einem Krachen, als sollte nun die Erde bis zur Mitte gespalten
sein, und in Wirklichkeit ist alles nur Bluff, echt ameri-
kanischer Bluff, denn die Sprengstücke sind viel zu klein, um
annähernd die Wirkung zu haben wie unsere Granaten.

Die Front macht hier einen Winkel. Rechts und links
ist der Feind. Wenn nachts die Raketen steigen und die
Mündungsfeuer der abfeuernden feindlichen Geschütze
rings am Horizont wetterleuchten, glaubt man vom Feind
eingeschlossen zu sein und wird ganz verwirrt, weiß nicht
mehr wo Nord und Süd, Ost und West ist. Wenn dann das
Getöse der Schlacht näher kommt, wird man ganz unruhig, und erst der Feuerbefehl, das eigene Eingreifen in den
Kampf bringt die alte Ruhe wieder.

2. Der lange Emil
Seit einigen Tagen ein gewaltiges donnerartiges Krachen.
Zuerst dachten wir an ein Gewitter. Aber wir mussten diesen Gedanken verwerfen, denn die Abstände, in denen es
donnerte, waren ganz gleichmäßig.

Da kommt ein Fußartillerist und erzählt uns von dem
»langen Emil«, dem Bruder der dicken Berta, der da drüben einige Kilometer entfernt aufgestellt ist.

»Er schießt nach Poperinghe und Dünkirchen.«

»Du elender Wicht, willst uns alten Landsknechten einen Bären aufbinden? Morgen erzählst du uns noch, dass
unsere Tauchboote den Hafen von Archangelsk blockiert
haben!« –

Wir hätten den guten Kerl in unserer Empörung beina-
he verprügelt. Da donnerte es wieder. »Da, seht hin.«
Und wir sehen, wie eine gewaltige gelblichgraue Qualm-
wolke aufsteigt.

»Das ist der lange Emil«, sagt der Fußartillerist. – –»und der schießt nach Poperinghe und Dünkirchen.« – – –

»Unser Hauptmann«, erzählte er weiter, »hat mit dem Flieger, der die Schüsse beobachtete, gesprochen. Beim ersten Schuss auf Poperinghe war der Kirchturm futsch. Und nach dem zweiten Schuss konnte der Flieger nicht mehr beobachten, denn alles war in Rauch und Staub gehüllt. Er sah nur, wie eine Unzahl Automobile nach allen Richtungen, auf allen Chausseen in rasender Fahrt aus dem Ort stob.« –

3. Mannekensvaere
Man sieht über die platte, fast baumlose Ebene die Dünen von Westend und Middelkerke. Ein Stückchen weiter links von der Kanalbrücke könnte man Ostende sehen. Aber das lassen die Belgier nicht zu – komische Kerls, was? Sobald man sich da ganz harmlos hinstellt, um die Gegend zu betrachten und zu träumen, wie schön es wäre, wenn jetzt Friede und man in Ostende wäre, schicken sie einem ein paar Schrappnells entgegen.

In einem kleinen Haus nahe bei unserer Stellung hängt eines jener Schilder mit einem sehr schönen Dampfer darauf, einer Karte und einem Fahrplan: London-Berlin, über Ostende, Brüssel in 20 Stunden. – London-Berlin-St. Petersburg (damals hieß es noch nicht Petrograd) Nordexpress.

Man denkt an die schönen Züge, die luxuriösen Dampfer. Man sieht die schönen Frauen, Stewards mit Tee und geröstetem Brot. Und aus dem Sirren der Granaten konstruiert man sich das Sausen des dahinfahrenden Luxuszuges.

Wann wird das wieder alles sein? Einstweilen ist das kulturelle Bündnis der Nationen in derben Hass umgeschlagen und zerschmettert, wie eine Spiegelscheibe durch einen Steinwurf.

Ich krieche in meinen kleinen Unterstand. Er ist sehr sauber gehalten. Eine kleine Bank, ein Tischchen ist darin.

Ein Bild hängt an der Wand über dem Tischchen und darunter hängt eine Schiefertafel mit den Versen:

»Hier war es einst sehr schmutzig;
Da dachte ich, das putz' ich.
Und nun ist es halbwegs sauber. –
Nun bitt' ich diesbezüglich, immer
Nicht lassen werden schlimmer.
Auch denke nicht, als fauler
In Schmutz zu wühlen
Wäre ein schönes Spielen!
Denke ich an jenen Spruch
Der geschrieben steht im Buch:
Lerne Ordnung, übe sie
Sie erspart dir Zeit und Müh'. –
Bei Mannekensvaere Mai 15.
Und so muss es gescheh'n.
Das merk dir.
Hoppe, Unteroffizier.«

4. Deus afflavit et dissipati sunt
Wenn ein Geschichtsschreiber, nach dem Krieg, die Kämpfe und die Einnahme von Langemark beschreibt, wird er diesem Kapitel wohl die Überschrift geben, die man auf altenglischen Denkmünzen an die Vernichtung der spanischen Armada findet: Deus afflavit et dissipati sunt.

Mehrere Wochen lang haben wir Tag und Nacht in höchster Alarmbereitschaft gelegen. Und als es dann soweit war, als ein günstiger Wind wehte, da zog man uns in einen Wald. Näher an die Front. Da haben wir mehrere Tage unter freiem Himmel kampiert.

An einem Nachmittag dann zitterte die Luft von dem Getöse des Artilleriefeuers. – Jetzt ist es soweit! Jetzt kommen wir auch ran!

Aber sie brauchten uns nicht mehr. In der Nacht kein Alarm. Wohl aber sahen die Wachen endlose Trupps Gefangene, Kolonnen, Wagen, Pferde, Automobile und endlich Geschütze, schwere englische Kanonen und französische Feldgeschütze.

Deus afflavit et dissipati sunt.

In: Berliner Tageblatt, 44. Jg., Nr. 253, 19. Mai 1915, S. 8.

Silke Engel

## »Das Malerische mit dem Literarischen ver-
## schweißen …«
## Über Buch und Autor

»Fliegen nippen von der Süße eines menschlichen Gehirns …« beschreibt August Hermann Zeiz in Tanz um den Tod den Leichnam eines Kameraden. 1918, im Erscheinungsjahr der Novelle, schockiert diese Brachial-Ästhetik zwar kaum mehr. Hat doch der junge Arzt Gottfried Benn im März 1912, also sechs Jahre zuvor, seinen ersten expressionistischen Zyklus unter dem Titel *Morgue und andere Gedichte* als *Lyrisches Flugblatt* durch Berlin geschickt. Die Sammlung machte Benn über Nacht berühmt. Sie gilt bis heute (wenngleich inzwischen etwas überstrapaziert) als Meilenstein moderner Lyrik. In jedem Schulbuch finden sich Benns verzerrte Sprachgebilde aus dem Leichenschauhaus, die damals noch die bürgerliche Ästhetik auf den Kopf stellten. Dass aber August Hermann Zeiz das Massensterben im Ersten Weltkrieg derart entrückt, die gefallenen Soldaten an der Front, seine Kameraden, zu Fleischklumpen ohne Kopf stilisiert, an deren »Süße« sich Fliegen laben, überrascht.

Ein »bemerkenswertes Auge, das ungewöhnliche Aspekte aus (seiner) Umgebung herauszuheben« vermag, rühmt denn auch eine Rezension des *Wiener Fremden-Blatts* unmittelbar nach Erscheinen der Novelle im April 1918. Die *Basler Nachrichten* berichten hingegen von einem »bleibenden Denkmal« und im *Neuen Wiener Journal* heißt es: »Worte türmen sich wie wuchtige Quader auf, schwer und drückend lasten diese Beschreibungen von Kampf, Not und Tod, ergreifend in der schönen reichen Sprache, der sich Zeiz bedient.«

Mal urgewaltig dichterisch im expressionistischen Sekundenstil hintereinander gehämmert, dann aber auch – das wird durch die Wucht solcher Bilder nur allzu leicht übersehen – nüchtern-unterkühlt und sachlich wie durch den Sucher einer Filmkamera festgehalten, entspinnt sich das Geschehen. Und gerade mit letzterer Eigenart kann der heute vergessene August Hermann Zeiz nicht nur ein Alleinstellungsmerkmal für die Novelle beanspruchen, sondern ist den Autoren seiner Generation sogar um zehn Jahre voraus. Die dichte Reihung äußerer und innerer Eindrücke im Wechsel evoziert hier eine berückende Unmittelbarkeit des Geschehens, lange bevor Erich-Maria Remarque Ende 1928 mit seinem Roman *Im Westen nichts Neues* sensationelle Erfolge feierte. »Nicht Erklären, sondern Hinstellen ist das Ziel«, bringt Walter H. Sokel expressionistische Prosa auf den Punkt. Das trifft auch auf die Novelle zu. Das einschneidende Ereignis Krieg im Jahr 1918 jedoch in filmische Episoden zu kleiden und die Leser anzuhalten, selbst zu denken, das heißt, eigene Bilder im Kopf entstehen zu lassen, wenn das Grauen fast die Beschreibungskraft des Autors übersteigt, das ist alleine August Hermann Zeiz' Verdienst.

Nur Zeiz' einstiger Förderer Franz Pfemfert, als Herausgeber der *Aktion* einer der zentralen Vertreter der Expressionisten und Anti-Kriegs-Literaten, entlädt seine ganze Verachtung über den ihm als Frontberichterstatter aufgefallenen Schriftsteller. »Schmockfigur, die (…) Stimmung keltert«, wettert Pfemfert Mitte 1918 in seiner Rubrik Kleiner Briefkasten, in der seit 1914 versteckt eine Polemik nach der anderen gegenüber wirklichen (und vermeintlichen) Kriegstreibern gezündet wird. »Ein Nullerl in Reinkultur« empört er sich über August Hermann Zeiz, das nichts weiter könne, als bei Henri Barbusses 1916 erschienenem, meisterlichem Kriegsroman *Le feu* abzuschreiben; und das noch nicht einmal gekonnt, sondern nur »in grellsten Farben« und »beschielend technisch«, wie ein »Journalist« eben nur nachzuahmen verstehe. Pfemfert entlädt hier seinen ganzen Hass auf diese »große Zeit«. Nicht aber etwa gegen glühende Patrioten oder Militaristen, wie man annehmen könnte. Vielmehr greift er Opportunisten an, wie Zeiz einer in seinen Augen ist, und von denen es in den Redaktionsstuben der Zeitungen nur so wimmle. Theodor Wolff, Chefredakteur des *Berliner Tageblatts*, macht er zu Unrecht zum »gefährlichsten (weil meist indirekten Beihelfer) dieser Jahre des namenlosen Grauens«. Insofern dürften wohl schon die als Widmung vorangestellten ersten Zeilen der Novelle *Tanz um den Tod* – »Herrn Theodor Wolff zugeeignet« – Pfemferts Beißreflex ausgelöst haben.

Dabei hatte Pfemfert noch wenige Jahre zuvor den jungen Dichter Zeiz als Talent gefördert. Der 19-Jährige durfte drei Gedichte in seiner Zeitschrift *Die Aktion* veröffentlichen. Offenbar sah der Herausgeber 1911/12 in Zeiz einen heranwachsenden radikalen Geist mit Potenzial, der gegen jede Form des Wilhelminismus literarisch aufbegehrte. Offensichtlich hat Zeiz diese Erwartungen aus Sicht Pfemferts nicht erfüllt. Es sei dahingestellt, ob der Journalistenhass Pfemferts Blick auf *Tanz um den Tod* vernebelte oder ob es die Tatsache war, dass Zeiz – wie viele seiner Generation – im August 1914 als Kriegsfreiwilliger im Gleichschritt an die Front gezogen war.

Ungeachtet dieser beißenden Polemik bleibt an der Erzählung noch ein Weiteres bemerkenswert: Dass der junge Autor Zeiz seinen Bewusstseinswandel nicht verschweigt. Immer fragwürdiger wird seiner Perspektivfigur Dietrich Vorhofen im Fortgang des Prosatextes das Kriegsgeschehen. Die behutsam dargestellte Wandlung Vorhofens vom euphorischen Soldaten zum überzeugten Pazifisten vermittelt sich über verschiedene Etappen. Insbesondere ab der zweiten Hälfte der Novelle scheint immer wieder eine versöhnend-friedfertige Einstellung des Unteroffiziers zu den Menschen durch: verständnisvoll, wenn er das Brot teilt – oder hoch moralisch, wenn er die ihm im Zeichen der Gastfreundschaft angebotene Frau aus seinem Zimmer schickt, ohne sich ihrer sexuell zu bedienen. Diese Haltung ist unabhängig davon, welchen Menschen er begegnet, ob er in Flandern oder Serbien kämpft, ob Soldaten sein Gegenüber bilden oder die nicht weniger leidende Zivilbevölkerung. Humanität bildet die Grundvoraussetzung für eine sich verbrüdernde Friedensgemeinschaft. Vor diesem Hintergrund erscheinen die zu Beginn des Textes durchaus vorhandenen patriotischen Untertöne von minderem Belang. Propagandageleitete Feindmetaphorik oder Stereotype der Kameradschaft in den Schützengräben verlieren zunehmend an Bedeutung. »Merkwürdig, dass das Band so schnell reißt. Jupp ist begraben. Sie haben gut geschlafen. Nun wissen sie nichts mehr von ihm.«

Eindeutig weist die Novelle autobiografische Bezüge auf. Der in »Tanz um den Tod« dokumentierte Bewusstseinswandel deutet sich auch in Zeiz' Berichten von der Flandernfront und aus Serbien an, die zwischen Ende 1914 und Mitte 1916 im renommierten *Berliner Tageblatt* erschienen sind. Trotz Zensurdrucks und Einflüssen der Propaganda verfällt der angehende Journalist, der jetzt als Soldat in vorderster Linie kämpft, nicht in nationalistische, religiös-übersteigerte Stereotypen, wie es für viele damalige Berichte typisch ist. Auch wenn seine Frontreportagen nicht selten in ihren Schlusssätzen eine »Moral« enthalten: Zeiz konzentriert sich auf die Schilderung des Alltags im Schützengraben, er benennt als einfacher Soldat von unten die Standorte, vermerkt getreulich die Hoffnungen, Mühen und Leiden dort. »Wir können ganz genau verfolgen, wie sie sich auf unseren Schützengraben einschießen, und es ist uns unmöglich, sie aufzufinden (…) Sffüt rrax! machen die Granaten. Sffüt rrax! (…) Alles wankt. Die trockene Erde fällt von den Wänden, und wir sitzen ganz still da, geduckt und warten auf die Granate, die uns in unserem Erdloch zerschmettern wird. Diesmal kommt sie nicht. (…) Eine Zigarre, die auf dem Tische liegt, brennt ein Loch in einen Handschuh. Niemand nimmt sie weg.« Schon in diesen Frontberichten der Jahre 1914 bis 1916 entsteht dabei ein weit getreueres und dichteres Bild des Kriegsgeschehens als bei den gleichzeitigen »Reisebeschreibungen« der Kriegskorrespondenten und »Frontexperten« der Pressequartiere, die von den Militärstellen meist an ungefährdete Abschnitte geleitet wurden, nicht aber das unmenschliche Geschehen am eigenen Leib erfahren mussten. Das mag Theodor Wolff dazu bewogen haben, immer wieder Beiträge des jungen Autors fürs *Berliner Tageblatt* einzufordern, bis die Frontberichte aufgrund von Zeiz' Verwundung im Jahr 1917 ausbleiben mussten.

Der Hinweis in einer damaligen Verlagsnotiz, dass Zeiz sein Manuskript nicht erst 1918, sondern schon im Vorjahr abgeschlossen hat, ist nicht ganz von der Hand zu weisen. Ein genauer Textvergleich der Novelle mit den zuvor erschienenen Frontberichten belegt, dass der Autor den ersten Teil der Novelle neu verfasste, im zweiten Teil dann aber aus seiner um den Jahreswechsel 1915/16 erschienenen Artikelfolge *Serbisches Tagebuch* ganze Passagen wörtlich übernommen hat. Da unser Text diesen Passagen oftmals bis aufs Semikolon gleicht, haben wir es vorgezogen, der Novelle lediglich Zeiz' frühere Beiträge aus Flandern ergänzend zur Seite zu stellen.

Vermutlich konnte August Hermann Zeiz *Tanz um den Tod* im Verlaufe des Jahres 1917 fertig stellen, als er im Lazarett sowie bei einem anschließenden Heimaturlaub von einer Verwundung genas. Insofern dürfte die Überarbeitung des Prosatextes nicht allzu viel Zeit beansprucht haben. Ob jedoch der zweite Teil der Notiz des Erich Reiß-Verlags, in dem das Buch erstmals erschien, ebenfalls zutrifft, lässt sich nicht mehr verifizieren: Demnach verzögerte sich die Veröffentlichung der Novelle durch das Einschreiten der Zensurbehörden. Ihren Streichungen soll über die Hälfte des Originalmanuskriptes von *Tanz um den Tod* zum Opfer gefallen sein. Trotz intensiver Suche nach dem Ursprungstext konnte jedoch bisher eine solche Niederschrift nicht aufgefunden werden.

Und noch eine letzte Bemerkung sei erlaubt: Jene, dass der Zeitpunkt der Veröffentlichung der Novelle für ihre Aufnahme durch die Zeitgenossen und die Nachwelt nicht hätte ungünstiger ausfallen können. Im Revolutionsjahr 1918 sowie in den anschließenden Hungerjahren tendierte in Deutschland das Interesse an Kriegsliteratur gegen Null. Die zehn Jahre danach mit Remarques *Im Westen nichts Neues* einsetzende neue Welle der Aufmerksamkeit für dieses Genre kam dagegen zu spät. Frühe und bedeutende Schriften zum Weltkrieg wie Andreas Latzkos fulminante Novellenfolge *Menschen im Krieg* oder Zeiz' *Tanz um den Tod* fanden während dieser Hochkonjunktur einer »neueren« Kriegsliteratur keine Berücksichtigung mehr. »Zu Ende des Krieges und in den ersten Nachkriegsjahren«, berichtet rückblickend am 21. Juni 1931 Arnold Zweig in der *Neuen Freien Presse*, »wollte kein Verleger, kein Buchhändler, kein Theaterdirektor von Werken hören, die den Krieg zum Thema hatten. Wir hatten diesen Krieg verloren und daher sollte die Erinnerung an ihn aus dem Gedächtnis getilgt werden.« Das trifft – nolens volens – auch auf die Kundschaft der Verleger, Buchhändler und Theaterdirektoren zu.

Wenngleich der Erzählung nicht zuletzt aus diesen Gründen eine weitreichende Wirkung bei den Zeitgenossen sowie eine Aufnahme in den Kanon der kritischen Kriegsliteratur zum Ersten Weltkrieg versagt geblieben ist:

August Hermann Zeiz' Novelle *Tanz um den Tod* bleibt eine beeindruckend frühe, ungemein fesselnde und stilistisch sehr ambitionierte Schrift zum Ersten Weltkrieg. Alleine aus diesen Gründen verdient sie es, aus der Schublade geholt und in die Reihe der überlieferungswürdigen Werke zum Thema eingereiht zu werden.

»Das Malerische mit dem Literarischen verschweißen …« ist für August Hermann Zeiz Kern der Filmsprache. Im Sommer 1913 rät der noch nicht einmal 20-Jährige künftigen Regisseuren in der *Ersten Internationalen Film-Zeitung*, das Auge an der Raumkunst oder dekorativen Malerei auszubilden, anstatt eine Theaterschule zu besuchen. Damit beschreibt der frühreife Literat zugleich seine eigene Fähigkeit, in Bildern zu sehen, und sie darüber hinaus in treffende Worte kleiden zu können. Eine Gabe, die den Vertreter einer Generation, die das neue Medium Kino erst noch formen wird, lange begleitet und ihm in der Karriere über mancherlei Brüche hinweghilft.

August Hermann Zeiz wird am 23. September 1893 in Köln-Ehrenfeld geborenen. Sein Leben ist bislang nicht erforscht. Vor allem die frühe Phase wie Kindheit, Schulzeit und Elternhaus muss im Dunkeln bleiben. Über das Verhältnis zum Vater Heinrich Vincenz Zeiz (1856–1912), ein preußischer Regierungsbeamter, der von Köln nach Danzig versetzt wird, als sein Sohn die Volksschule besucht, ist fast nichts bekannt. Wenig lässt sich auch über Zeiz' Bindung an die aus Westpreußen stammende Mutter Johanna Caroline Auguste, geb. Reichow (1870–1954), sagen. Der Einzelgänger lernt früh mehrere Sprachen: Französisch, Latein und Englisch. Auch seine drei jüngeren Schwestern besuchen höhere Schulen in Danzig. Dennoch legt Zeiz kein Abitur ab, obwohl er das anstrebt, wie Schülerlisten belegen. Stattdessen folgt er seinen künstlerischen Neigungen und beginnt eine Verlagslehre. Bald darauf lässt er die althergebrachte Ordnung der bürgerlichen Familie hinter sich. Er gefällt sich als Dandy in Berliner Cafés, flaniert von einem literarischen Zirkel zum anderen und taucht ein in die Welt der Bohèmiens, die er bisher nur aus Büchern kannte. Als Gymnasiast muss Zeiz sein Faible für Gedichte von Stefan George und Charles Baudelaire entdeckt haben. Bereits als 17-Jähriger legt er seinen ersten eigenen schmalen Lyrikband *Im Spiegel* (1911 im Danziger Max Spendig Verlag) vor: pubertäre Ergüsse über Natur, Einsamkeit, auch über Schwärmereien und erste Liebesträume. Doch ein vorangestelltes Baudelaire-Zitat aus »Les Fleurs du mal« lässt seinen dichterischen Ehrgeiz erkennen, rückt er damit doch seine frühen Verse in die Nähe der französischen Symbolisten. Zeiz experimentiere für sein jugendliches Alter äußerst beachtlich mit ästhetischen Formen, heißt es denn auch anerkennend in zeitgenössischen Rezensionen. So könnte der junge Dichter Franz Pfemfert im Berliner Café des Westens aufgefallen sein, wo der Herausgeber der *Aktion* nach jungen Nachwuchsliteraten Ausschau hielt. 1912 werden, wie schon erwähnt, drei Zeiz Gedichte in Pfemferts expressionistischer Zeitschrift gedruckt. Zu einer weiteren Zusammenarbeit kommt es allerdings nicht.

Wie viele seiner Generation zieht Zeiz euphorisch in den Ersten Weltkrieg. Von der Front im Westen, bei Langemarck, Ypern und Dixmuiden schickt er regelmäßig Feldpostbriefe an seinen väterlichen Freund, Theodor Wolff, dem Chefredakteur des linksliberalen *Berliner Tageblatts*. Der macht daraus eine Art Kriegstagebuch und hebt Zeiz' Eindrücke direkt ins Blatt. Wolff erinnert sich an den jungen Mitarbeiter Zeiz, der als Unteroffizier in Flandern kämpft und während des Urlaubs kurz die Redaktion besucht: »Ein sehr lieber, sympathischer Mensch«, der »das gute Zusammenleben zwischen den deutschen Soldaten und der flandrischen Bevölkerung« schildert und über-

zeugt ist,»dass die Soldaten ganz und gar nicht ›militaris-
tisch‹, d. h. im Sinne der Völkerhetzer, heimkommen werden.« Eindrücke, die in der Novelle *Tanz um den Tod* (1918)
weiter verarbeitet werden, einer dichten Schilderung des
Soldatenalltags, mit schonungslosem, auch pazifistischem
Blick und der Botschaft, statt schwerer Kriegsgeschütze die
Menschlichkeit sprechen zu lassen.

Um Gemeinschaft, Verbrüderung im Kampf, geht es
in Zeiz' zwei Jahre später entstandenen Roman *Die Roten
Tage* (1920), der ebenfalls im Erich Reiß Verlag erscheint.
Der revolutionäre Umbruch von 1918 steht hier im Mit-
telpunkt des Geschehens. Wie bei der Novelle *Tanz um
den Tod*, so weist auch hier die Hauptfigur deutlich autobiografische Züge auf: Ein junger Schriftsteller kämpft als
Sozialist für eine bessere, gerechtere und freiere Welt. Aber
er liebt eine Bürgerstochter, die ein Kind von ihm erwartet,
sich für ihn und damit gegen die sichere Welt der Eltern
entschieden hat. Nun leidet sie unter der Trennung, auch
unter Mittellosigkeit und darunter, nicht mehr wie früher
als Bürgerliche respektiert zu werden. Getrieben von edlem
Menschheitspathos setzt sich der junge Held an die Spitze einer linksradikalen Umsturzbewegung, ordnet sich der
»Partei« fast bis zur Selbstaufgabe unter. Doch er scheitert
an innerer Zerrissenheit: einerseits die eigene Überzeugung
nicht aufgeben zu können, selbst wenn sie dem Parteidog-
ma zuwiderläuft, andererseits dem Kollektiv ständig blind
folgen zu müssen. Wie im wirklichen Leben hat die Radi-
kalität hier ihre Grenzen. Sowohl der Schriftsteller Zeiz als
auch sein Held im Roman *Die Roten Tage* sind nicht bereit,
für ihren politischen Kampf komplett mit der alten, bürgerlichen Ordnung und Orientierung zu brechen.

Möglicherweise liegt hier auch die Ursache dafür, dass
der literarisch ambitionierte Zeiz nie richtig Anschluss
an die Expressionisten finden konnte. Denn vor allem in
der radikalisierten Phase ab 1918 forderte die literarische

Bewegung auch von Dichtern ein beherztes Eingreifen in die Verhältnisse. Das aber lehnt Zeiz ab. Nach seinem Verständnis können Dichter Orientierung bieten, »den Menschen Wegweiser sein«, wie es im Epilog von *Die Roten Tage* heißt, nicht aber sollen sie unmittelbar neben dem kämpfenden Proletariat auf einer Stufe stehen.

In der Weimarer Republik konzentriert sich Zeiz wieder stärker auf seine Beobachtungsgabe. In Gerichtsreportagen vor allem für das *Berliner Tageblatt* nimmt er eindrucksvoll die ökonomischen Verhältnisse auseinander, analysiert ihren Einfluss auf die Gesellschaft, niemals abstrakt und theoretisch, sondern anhand konkreter menschlicher Schicksale. Obwohl er mit diesen Gerichtsreportagen ein ganz neues Genre mit begründet und entscheidend prägt, bleibt es für ihn nur ein verhasster Brotberuf. Zeiz versteht sich als Literat, obwohl er inzwischen fast ausschließlich journalistisch arbeitet als Kritiker, Redakteur und Zeitgeistfeder für diverse Zeitungen. Gedichtet (im wahrsten Sinne des Wortes) hat er schon länger nicht mehr. Zuletzt versucht er, über Karl Wolfskehl Kontakt zu Stefan George aufzunehmen, dessen Gedichte er seit frühester Jugend verehrt. Er schreibt an Wolfskehl, zitiert ein paar seiner nicht veröffentlichten Verse, doch eine Antwort erhält Zeiz nicht. Jetzt wendet er sich verstärkt dem Theater und dem Film zu. Aufgrund seiner Fähigkeit, Bilder sprachlich zu gestalten, Handlungen in Episoden zu denken, sucht er den Einstieg in das noch wenig etablierte Medium und findet ihn über das Schreiben von Drehbüchern sowie die Mitarbeit an Filmproduktionen. Vor allem Theaterstücke oder Operetten in Sujets für den Film umzuarbeiten, das liegt ihm. Sein Talent wird Methode: Zusammen mit seinem Verleger Georg Marton gründet Zeiz eine Art Schreibwerkstatt, in der verschiedene, meist unbekannte Autoren dramatische Stoffe adaptieren und sie als Filmideen oder Drehbücher anschließend in der ganzen Welt verkaufen. Wie am Fließband beginnt die Produktion zu laufen, auch anders herum entstehen aus Filmvorlagen abgewandelt Komödien, bis die Nationalsozialisten die Maschine stoppen. Zeiz' erstes Bühnenstück wird 1930 in Halle uraufgeführt: *Eine Frau macht Politik.* Weitere Volksstücke wie *Die elf Teufel* folgen, von nun an unter dem Künstlernamen Georg Fraser. Darunter sind zunehmend auch Kassenschlager leichter Unterhaltung. Die Nationalsozialisten aber beenden diesen Weg. Zeiz verliert seine Redakteursstelle beim *Berliner Tagblatt.* Der SPD-Sympathisant gilt als politisch untragbar. 1934 emigriert er mit seiner jüdischen Ehefrau Gertrud, einer preußischen Kaufmannstochter (geb. Segall), nach Wien. Sie hatten 1915 während des Ersten Weltkrieges geheiratet. Im Dezember desselben Jahres kam der gemeinsame Sohn Hanno Christian auf die Welt. Das von seiner Frau mit in die Ehe gebrachte Vermögen hilft zunächst über die Durststrecke hinweg. In Wien kann Zeiz zwar sein literarisches Schaffen fast unbehelligt fortsetzen. Auch im Deutschen Reich dürfen seine Stücke trotz »Rassenverrats« (aufgrund seiner jüdischen Ehefrau) weiter gespielt werden. Bis Sommer 1944 verfügt Zeiz über eine gültige Sondergenehmigung der Reichsschrifttumskammer. Vermutlich verdankt er das der schützenden Hand von Hans Hinkel. Im NS-Ministerium für Volksaufklärung und Propaganda für »Kulturpersonalien« zuständig, setzt er sich immer wieder für Zeiz ein, auch gegen den Widerstand in den eigenen Reihen. Als die Nationalsozialisten ihre Macht festigen und ausweiten, bis sie 1938 auch Österreich vereinnahmen, wird allerdings auch für Zeiz die Lage immer gefährlicher. Zeiz' Sohn Hanno lebt längst im Untergrund. Die Nationalsozialisten haben ihn von der Schule gejagt und in die Arme der Kommunisten getrieben. Er operiert ab 1935 erst in Prag, später aus Zürich u.a. im geheimen Nachrichtendienst, als Kurier und ist immer wieder an Aktionen gegen die Nationalsozialisten in Österreich und Deutschland beteiligt. Währenddessen versucht der Vater in Wien, seine Existenz und das Leben seiner Ehefrau zu retten. Unterstützt von seinem jüdischen Verleger Georg Marton, der emigrieren muss und Zeiz treuhänderisch seinen Wiener Bühnenvertrieb überlässt, wagt er ab 1938 eine riskante Doppelexistenz. Einerseits agiert er öffentlich als von der NS-Hierarchie geduldeter Komödienautor und Verleger, andererseits kämpft er verborgen im Widerstand, rettet zahlreiche Juden und politisch Verfolgte, indem er ihnen die Flucht ermöglicht, mit Geld aushilft oder gefälschte Papiere organisiert. 1943 aber wird Zeiz in das Konzentrationslager Dachau deportiert. Fast zeitgleich ermorden die Nationalsozialisten seine jüdische Frau in Auschwitz. Dem Schriftsteller gelingt es zwar, Dachau zu entkommen, vermutlich der allerletzte Freundschaftsdienst Hans Hinkels. Doch er kehrt als gebrochener Mann zurück. Nach 1945 gibt Zeiz den Wiener Bühnenverlag an den ursprünglichen Eigentümer, den inzwischen in Paris und Amerika lebenden Georg Marton, zurück. Beide kooperieren noch ein paar Jahre, bis sich Zeiz Ende der 1950er Jahre aus dem aktiven Leben zurückzieht. Schreiben kann er nicht mehr, ihn plagen Depressionen und Gedächtnisverlust. Seine Rehabilitierung als Widerstandskämpfer hat er nicht mehr erlebt. Erst 1977 würdigte die österreichische Regierung seine Verdienste im Widerstand gegen die Nationalsozialisten. Da war August Hermann Zeiz jedoch schon seit 13 Jahren tot. Er starb vergessen am 30. August 1964 in Berlin.